August Wilhelm Iffland

Die Mündel -

Ein Schauspiel in fünf Aufzügen

August Wilhelm Iffland

Die Mündel -
Ein Schauspiel in fünf Aufzügen

ISBN/EAN: 9783743644212

Hergestellt in Europa, USA, Kanada, Australien, Japan

Cover: Foto ©Andreas Hilbeck / pixelio.de

Weitere Bücher finden Sie auf **www.hansebooks.com**

Die

Mündel.

Ein Schauspiel

in fünf Aufzügen

von

Wilhelm August Iffland.

Auf der Mannheimer Nationalbühne

zum erstenmal aufgeführt den 25. October 1784.

Berlin, 1785.

bei George Jacob Decker.

Dem Gedächtniß

der

verstorbnen

Karoline Beck,

gebornen Zieglerinn,

gewidmet.

Ich kannte Ihre edle Seele, sah Ihr Verdienst sich entwickeln — sah Sie sterben! — Ich bin der nächste Freund Ihres Mannes.

Die Grabstätten unserer Geschiednen scheinen nach und nach den unverlezlichen Frieden zu verlieren. Luxus bauet Lasten über sie her, achtet nicht derer, die waren, noch der Tränen derer, die sind. Darum weihe ich Dir — Theure Entschlafne, diese Urne.

Vermißt man Kunst und Prunk: ich gab, was ich geben konnte. Deine Hinterlassenen und ich, werden hierbei oft Deiner gedenken — trauren und sanfte Vollendung wünschen!

Mannheim,
den 27. Februar 1785.

Wilh. Aug. Iffland.

Vorbericht.

Der Kanzler geht in schwarzem Sammet; der Hofrath gesucht; er darf mit der Zunge anstoßen. Die Kaufmannsfamilie äusserst einfach. Philipp Brook im Frack, mit Geschmack gekleidet, aber ohne alle Prätension; mit Hut und Stock, ohne Degen. Ludwig, anfangs in einem gestickten Frack, nachher in einem brillantnen seidnen Kleide. Gute Sitten dürfen ihm nie fehlen. Die Lage der Sachen läßt ihn seine Leute verkennen; aber er ist immer gut und froh, findet leicht Langeweile, ist durchaus nie böse. Universitätsmoral mag ihn leichtsinnig, aber durchaus nicht mit Plan böse handelnd gemacht haben. Der alte Rose, gut gekleidet. Der Sekretär des Kanzlers, ein Mann in Mitteljahren — gut gekleidet. — Ich ersuche die Direktionen, bei der Besezzung dieser Rolle Rücksicht auf gute Schauspieler zu nehmen; Lebensart und Festigkeit dürfen ihm nicht fehlen.

Den deutschen Bühnen, vorzüglich den Bühnen in Hamburg, Berlin und Dresden, danke ich für die Freundschaft, welche sie bei der Darstellung von Verbrechen aus Ehrsucht, mir erzeigt haben, und empfehle dieses Stück der nämlichen gütigen Gesinnung.

Iffland.

Personen:

Kanzler Flessel	Herr Beil.
Hofrath, sein Sohn	— Rennschüb.
Kaufmann Drave	— Boeck.
Seine Frau	Madam Rennschüb.
Auguste, ihre Tochter	Dem. Baumann.
Philipp Brook } Dravens Mündel.	Herr Beck.
Ludwig Brook } Dravens Mündel.	— Leonhard.
Kaufmann Rose	— Kirchhöffer.
Eine Wittwe	Madam Nickola.
Ein alter Mann	Herr Iffland.
Sekretär des Kanzlers	— Brand.
Kommissär.	
Jakob, Bedienter beim Kanzler	— Backhaus.
Friedrich, — — bei Draven	— Richter.
Lisette, Mädchen bei Augusten	Dem. Jaquemin.
Gerichtsdiener.	

Erster Aufzug.

Zimmer beim Kanzler.

Erster Auftritt.

Hofrath Flessel (und) Ludwig Brook (sitzen bei einem eleganten Frühstück. Hernach) Jakob.

Ludwig.

Noch ein Glas! — Ich bitte, mein Lieber — nur noch eins!

Hofr. Unmöglich, mein Schatz!

Ludwig. Nur noch eins — dann auch wahrlich keins mehr. — Allons! Minnedienst!

Hofr. Bravo! Und Minnesold!

(Sie stoßen an und trinken.)

Ludwig. (singt.)

Hofr. (klingelt.)

Jakob. (kommt) Was befehlen Sie?

Hofr. Abgetragen! — Doch nein — mein Vater — vielleicht daß mein Vater — Ist er noch nicht zurück?

Jakob. Ich will nachsehen. (Er nimmt die gebrauchten Couverts mit, läßt aber ein reines, auch Wein und Essen stehen.)

Hofr. (aufstehend) Wir saßen auch lange! (beschaut sich behaglich.)

Ludwig. Gar nicht! und haben filistermäßig wenig gefrühstückt.

Hofr. Ah ciel! — Ich bin ganz untröstbar über mein Embonpoint!

Ludwig. Für einen Minnesänger läßt es freilich nicht gut.

Hofr. (höchst ernstlich) Man verliert alle Grazie der Nachläßigkeit.

Ludwig. (seinen Ernst parodirend) Alles hinreissende des schmachtenden Liebhabers!

Hofr. (bekümmert) Unsre Damen sind mehr als jemals dafür eingenommen!

Ludwig. Ah! von den Damen zu reden! wie stehst du denn mit der Drave?

Hofr. Hm! schlecht! Dein theurer Herr Vormund und seine ganze Familie sind so bigott, so voll ängstlicher Formalitäten, daß es nicht auszustehen ist. Wenn man nicht mit Heiratsanträgen ins Haus fällt; so ist gar nichts zu thun. — Ich habe mich beinahe schon zu der Lüge bequemt, und doch keinen freundlichen Blick von dem Mädchen erhalten.

Ludwig. Aha — Du machst den Geheimnisvollen!

Hofr. Wahrhaftig nicht!

Ludwig. Und bist der Glückliche!

Hofr. Nein — der bist Du!

Ludwig. Meinetwegen sei außer Sorgen! um so mehr (ironisch) da Du meine brennende Leidenschaft für Deine Schwester kennst. Aber für meinem schwermüthigen, finstern Herrn Bruder — für dem nimm Dich in Acht!

Hofr. Ha ha ha! — Ich muß lachen; als ob so eine finstre menschenfeindliche Karrikatur irgend Jemand gefallen könnte! — geschweige gar einem Mädchen.

Ludwig. Hm! Sache des Geschmacks! wer weiß — zu dem ist mein strenger Herr Vormund sehr für ihn eingenommen.

Hofr. Zu Deinem großen Schaden!

Ludwig. Ha! freilich wol!

Hofr. Es ist niemand in der Stadt, der Dich so lästert, als Dein Herr Bruder.

Ludwig. Ich weiß es! ich weiß es!

Hofr. Und er hat Glauben, weil er ein Heuchler ist, seine Fehler versteckt. Du weißt nicht —

Ludwig. Was nicht? — daß er die Klausel in meines Vaters Testament durchsetzen will? — Alles weiß ich! Dein Vater hat mich aufmerksam darauf gemacht, die Drohungen von Drave aber noch mehr.

Hofr. Was ist das für eine Klausel?

Ludwig. Daß, wenn einer seiner Söhne erklärter Verschwender sei, der Andere das Vermögen administriren solle.

Hofr. So? Eine häßliche Klausel!

Ludwig. Fürwahr! Aber wollte man sie in Erfüllung bringen — so soll mich Gott — das wird sich Alles finden! — Zur Sache — Dein Vater wird mir doch Deine Schwester noch geben?

Hofr. Sicher!

Ludwig. Aber ich bitte Dich, mach daß ich gleich Geld in die Hände bekomme.

Hofr. Sorge nicht! verlaß Dich auf mich!

Ludwig. Dein Vater darf von seinem Vermögen nichts hergeben; er soll mir nur meinen Antheil an dem Nachlaß der wahnsinnigen Antike herausgeben. —

Hofr. Wahnsinnige Antike? — Was soll das? — Wahnsinnige Antike!

Ludwig. Wie Du so neu thun kannst! — Von wem ich rede? — Von meinem alten Mutterbruder, den Ihr, qua wahnsinnig, bei treflicher Diät, eingesperrt haltet.

Hofr. Ach von dem Alten! — So? so?

Ludwig. (ironisch dehnend) Ja von dem. Daß Du doch immer verlegen bist, sobald man den Fleck trift!

Hofr. Ja — was ich sagen wollte! — wenn er nicht entkommen wäre! Aber so weis man ja nicht: ob er todt ist, oder wo er ist.

Ludwig. Je nun, er ist todt!

Hofr. Das weis man ja nicht.

Ludwig. Er soll todt seyn!

Hofr. Aber —

Ludwig. Eben so leicht ein Lebendiger todt, als ein Vernünftiger toll! Und wenn er sich wieder blicken läßt, so setzt man ihn wieder fest.

Hofr. Hm! — Das geht doch nicht an! —

Ludwig. Ueber die Gewissenhaften! Wenn Ihr meinen alten Onkel bei voller Vernunft für toll erklären laßt, wenn Ihr seit funfzehn Jahren sein Vermögen so ganz ordentlich und christlich verwaltet habt — so werdet Ihr doch nun, seinem rechtmäßigen Erben seinen Antheil zu pränumeriren, nicht etwa Bedenken tragen?

Hofr. Du hast Dich da sehr beleidigender Ausdrücke gegen uns bedient!

Ludwig. Nun mit dem Wahnsinn war es doch nicht so ganz richtig; der alte Patron war manchmal ganz vernünftig.

Hofr. Völlig wahnsinnig, sage ich Dir! Völlig wahnsinnig!

Ludwig. Wahrhaftig, er dauert mich zu Zeiten!

Hofr. (mit einem Seufzer) Fügung Gottes!

Ludwig. Wir wollen darum nicht streiten — Ich erlasse euch die tiefe Untersuchung von Herzen. Nur hütet euch für meinem ehrbaren Bruder, daß der eure Spur nicht kriegt! — Er argwohnt ohnehin nichts Gutes, und hat seine Kundschafter überall ausgestellt. Dazu wißt ihr, daß man, seit der letzten Geschichte mit dem Kornhandel, euch sehr beobachtet. Seit der Zeit sprechen Leute ganz laut, die vorher in Unterwürfigkeit verstummten.

Hofr. Mögen sie! wir wissen uns frei.

Zweiter Auftritt.

Die Vorigen. Der Kanzler.

Hofr. Guten Morgen, mon cher Pere!

Ludwig. Herr Kanzler —

Kanzler. Guten Morgen, mein Sohn — ergebner Diener, junger Herr!

Ludwig. Schon so früh in Geschäften?

Kanzler. Muß man nicht? Du lieber Gott! muß man nicht?

Ludwig. Der Staat ist Ihnen viel schuldig.

Kanzler. Wird nicht anerkannt, was ich thue! — (giebt Hut und Stock an seinen Sohn, der alles ins Kabinet trägt.) Ist keine Attention darauf!

Ludwig. Erlauben Sie — Jedermann weiß —

Kanzler. Nichts vorgefallen, Samuel?

Hofr. Nein, mon cher Pere!

Kanzler. Bin ich doch so müde — so echauffirt —

Hofr. Und haben auch noch nicht gefrühstückt!

Kanzler. Ist wahr, mein Sohn, bin noch ganz nüchtern. (sich umwendend) Bring einmal her!

Ludwig. (setzt den Tisch vor ihn hin.)

Kanzler. Allzu obligeant, junger Herr! allzu obligeant! Setzen Sie sich! (während dem Aussuchen der Speisen.) Auf den kalten Marmorplatten im Schlosse wird einem ganz schwach — (ißt) Ist Ihnen nicht auch gefällig?

Ludwig. Unendlich verbunden!

Kanzler. Ohne Komplimente! langen Sie zu — Ich bin ein ehrlicher Deutscher — ohne Komplimente! (ißt weiter) Habe heut abermal Proben von der Klemenz meines gnädigsten Herrn gegen dero unwürdigen Knecht erhalten — (die Bouteille gegen das Licht haltend) Ist das Malaga, mein Sohn?

Hofr. Ungar'scher, mon cher Pere!

Kanzler. Eh bien! (schenkt ein und trinkt.) Sie werden ja wol auch gehört haben — von dem Spektakel neulich — wie einer von den Rechnungsführern — homo quidam ex infima plebe! — bei den Frucht-Lieferungen für das Armut, eines Doli mich zu bezüchtigen sich erkühnte? —

Ludwig. Ja — ich habe von der Verwegenheit gehört.

Kanzler. Glaube, daß Herr Drave mir dadurch einen Possen hat spielen wollen! Aber Gott soll ihm —

Hofr. Nun — was beschliessen Ihro Durchlaucht?

Kanzler. Nachdem mir nichts erweislich war — (neckende Pantomime von Brook gegen den Hofrath) haben

Ihro Durchlaucht den Verwegenen, zur Reparation meiner Ehre, gezüchtigt.

Hofr. und Ludwig. Wie so?

Kanzler. War gestern schon unterzeichnet — (trinkt) Kassirt — und cum infamia des Landes verwiesen! — Samuel, lös' doch einmal das Schenkelchen ab!

Ludwig. Da wiederfährt ihm Recht, dem Bösewicht!

Kanzler. Ja wol! Gib mir doch die Serviette — Ich habe — (troknet sich die Hände) um gnädigste Milderung geflehet, ist aber alleweile nicht möglich, indeme Seine Durchlaucht derlei Kalumnianten Ihrer treuen Dienerschaft nicht gehegt noch gepflegt wissen wollen.

Ludwig. Wenn auch solche insolente Angriffe geduldet würden, so möchte man lieber hinter dem Pfluge herlaufen, als dem Staate dienen.

Kanzler. So ist es! — An Dero Vormund, Herrn Drave, habe bereits wieder geschrieben —

Ludwig. Allzugnädig! In der That —

Kanzler. Bin begierig auf die Antwort — Habe erst neuerlich gänzlich abschlägliche erhalten.

Ludwig. Das hat er sich unterstanden? — Das ist eine horrende Impertinenz!

Kanzler. Hat ihm keine Rosen getragen, mein Werther! Ha ha ha! — Hat ihm nicht! — Ich lies mir sogleich ein, in die Handlung geliehenes, Kapital von 8000 Rthlr. zurückbezahlen. — Ja, ja! — Dero wolseliger Herr Vater haben es nicht gut gemacht, solche hoffnungsvolle Leute, von den admirabelsten Talenten, so einem Menschen zu subordiniren.

Ludwig. Freilich nicht. Sie waren beide sehr gute Freunde, da hat er Wunder gedacht, wie gut er unsre Erziehung besorgt hätte.

Kanzler. Was ich doch sagen wollte — (nimmt sehr bedächtig Tobak) Ist denn dem Manne noch keine Vormundschaftsrechnung abgenommen worden?

Ludwig. Nein.

Kanzler. Samuel, notire es! — Muß sogleich geschehen! — Habe auch heut deshalb angeklopft. Daß der junge Herr nicht etwa gar um das Ihrige kommen.

Ludwig. Was das betrift, so glaube ich ziemlich sicher seyn zu können.

Kanzler. Trau, schau, wem! — pflege ich meinen Kindern oft zu sagen.

Ludwig. (mit Ironie) Ja wol! ja wol!

Kanzler. Haben der junge Herr den Statum Dero Vermögens versprochenermaßen bei sich?

Ludwig. (übergiebt ihn) Hier ist er.

Kanzler. (sieht ihn durch) So — so — so — so — (zufrieden lächelnd) Ja ja! ein feines Vermögen! — Hm! — hm! — 20000 Rthlr. bei Rose — welcher Rose ist der?

Ludwig. Johann Friedrich Rose.

Kanzler. Johann Friedrich Rose? der ist's?

Ludwig. Ja.

Kanzler. Gib mir doch den Rötel, mein Sohn. (zeichnet damit den Namen in der Liste) — So, so, Herr Drave! an Johann Friedrich Rose? —

Ludwig. Darf ich mich unterstehen, zu fragen: warum Ihnen der Name so auffällt?

Kanzler. Aus wichtigen Gründen!

Ludwig. Sie glauben —

Kanzler. Daß bei Herrn Rose eben jetzt eine Veränderung vorgeht — daß Ihr Kapital höchst unsicher steht.

Ludwig. Ich könnte also verlieren?

Kanzler. Sie nicht! Aber dem Herrn Vormund dürfte man wol bei der Gelegenheit die Fettfedern ein wenig rupfen. — Kostete ihm neulich schon viel Laufens, als er mir die 8000 Rthlr. zurückzahlen muste; sagte: hätte alles im Handel stecken. — So

Herr Drave! will Ihnen gleich eine Kommission über den Hals schicken — sollen gleich 'n mal nachsehen — (blättert um) Ei, ei! — sind doch auch beträchtliche Passiva! — Der junge Herr sind kein Haushälter —

Ludwig. Leider war ich es bisher nicht!

Kanzler. Sind auch wol von dem Herrn Vormund brav mitgenommen worden? — He? Nun — ich bin ein ehrlicher Deutscher! — sagen Sie alles nur grade zu! — Der ansehnliche Mobiliennachlaß — das Silberzeug — es ist kein gerichtliches Inventarium gemacht worden? —

Ludwig. Nein.

Kanzler. Deßwegen müssen Sie einkommen!

Ludwig. (sich scheuend) Ja — aber —

Kanzler. Nur der Formalität wegen! — Unterschreiben Sie mir nur eine kleine Vorstellung gegen dieses außergerichtliche Inventarium — blos der Formalität wegen! — Der junge Herr sind zu gut! verstehen Sie mich? zu gut! Schenken alles weg! Eine hochpreisliche Obervormundschaft läßt sich kein X für ein U machen! verstehn Sie mich? — Kommen Sie, wir wollen auf mein Zimmer gehn, und in Ihren Angelegenheiten arbeiten.

Ludwig. Allzugnädig! Obwol ich es nicht zugeben sollte. Sie kommen erst von der Arbeit, und wollen schon wieder in Geschäfte sich begraben.

Kanzler. Was ich verspreche, das halte ich! Ich bin ein ehrlicher Deutscher — von altem Schrot und Korne! — Sind viel Papiere gekommen, Samuel?

Hofr. Viele — aber nichts von Belang! Sie liegen bereits auf Ihrem Tisch. Außer einigen — hier sind sie: Ein Memorial vom Pachter Seefeld, um Nachlaß —

Kanzler. Ist nichts! — muß zahlen! — kannst's nur gleich ausfertigen.

Hofr. Amtmann Ebermeier bittet um versprochne Zahlung der vom Kriege rückständigen Summe —

Kanzler. Wird ad refe (gähnt) rendum angenommen!

Hofr. Eine demüthige Danksagung der Gemeinde zu Ufstädt, für die, auf unsre Fürsprache, erlassene Abgaben —

Kanzler. Kann Serenissimo zugestellt werden.

Hofr. Ferner —

Kanzler. Ist genug! — Wollen jetzt einmal Ihre Sachen vornehmen — (will gehen.)

Dritter Auftritt.

Die Vorigen. Jakob.

Jakob. (bringt ein Billet.)

Kanzler. An mich?

Jakob. Ja.

Kanzler. (nimmt und liest.)

Hofr. Jakob, trag er ab!

Jakob. (räumt ab.)

Kanzler. Hm — hm! — Larifari! — nichts! — Wird abgeschlagen! — Ist nichts!

Hofr. Was ist's, mon cher Pere?

Kanzler. Ueber den hochweisen Herrn Sekretär, mit seiner Fürsprache! — Soll den zwei Gebrüder Spitzbuben, die hingethan werden sollen — erlauben, Abschied von einander zu nehmen.

Ludwig. Von wem ist die Rede?

Hofr. Ha ha ha! Vermuthlich von den zwei Delinquenten die neulich beim Postraub ergriffen worden sind?

Kanzler. Ja. Aber hab' ich's doch gesagt — Da haben sie mir wieder so einen neumodischen, empfindsamen Sekretär hingesetzt — da sagt er — lies doch einmal, Samuel!

Hofr. (liest) „Ich dächte, die Menschlichkeit befähle es —"

Kanzler. Menschlichkeit? — Dummheit!

Hofr. „Diesen unglücklichen Brüdern den ohnehin „so schmerzlichen Abschied nicht zu verweigern, um „so mehr, da ihr hartes Schicksal —"

Kanzler. Nichts! hör auf — sollen nicht vor ihrem Ende noch auf Diebspraktiken sich bereden — können gleich so abgethan werden! (zu Jakob) wollte schon Antwort schicken! — Nehmen nur nicht übel, daß Sie solch Gewäsche haben mit anhören müssen!

Ludwig. O ganz und gar nicht! Es war für mich sehr unterhaltend.

Kanzler. Da sehen Sie — so gehts Tag aus, Tag ein! — Immer Unruhe! immer Arbeit! Ich denke denn nun freilich: Post nubila Phœbus! (schon im Gehen) A propos! Sie nehmen doch vorlieb mit mir, auf eine Suppe?

Ludwig. Wenn Sie befehlen, so —

Kanzler. Was das Haus vermag: eine Suppe und ein gut Glas Wein. Ich bin so ein ehrlicher Deutscher!

(Gehen ab.)

Vierter Auftritt.

Zimmer beim Kaufmann Drave.

Drave (sitzt und schreibt. Hernach) Friedrich.

Drave. (ruft) Friedrich!

Friedr. (kommt.)

Drave. Ist der Bediente vom Kanzler noch draussen?

Friedr. Ja.

Drave. Er soll warten. Ich bin gleich hier fertig.

(Friedrich geht ab.)

Fünfter Auftritt.

Voriger. Madame Drave. (Hernach) Friedrich (ab und zu.)

Mad. Drave. Guten Morgen! kriegt man Dich heut gar nicht zu sehen?

Drave. (giebt ihr die Hand ohne aufzusehen, schreibt weiter und sagt ganz kurz) Guten Morgen!

Mad. Drave. Ich komme Dir wol ungelegen?

Drave. Eben nicht.

Mad. Drave. Du hast Geschäfte, die —

Drave. Abgethan sind. (unterzeichnet und steht auf.)

Mad.

Mad. Drave. Du bist erhizt; hast Du Verdruß gehabt?

Drave. Ja.

Mad. Drave. So?

Drave. Geärgert hab ich mich, über —

Mad. Drave. Wen?

Drave. Meinen theuren Mündel, Ludwig Brook. — Weil es gegen mein Gewissen ist, liederlich gemachte Schulden zu bezalen, so pressirt mich der Mensch mit dem Kanzler, daß es —

Mad. Drave. Noch immer? — ei!

Drave. Da werde ich bombardirt mit hohen Verwendungen, ich soll zalen!

Mad Drave. Nun, und —

Drave. Die hohe Verwendung in Ehren — ich zale nicht!

Mad. Drave. Alle gut, aber —

Drave. Kömmt auf einmal hier ein Billet vom Herrn Kanzler — (höchst aufgebracht) Ich soll Nachmittags hinkommen, und meine Vormundschafts-Rechnungen zur Durchsicht mitbringen.

Mad. Drave. Was denkst Du zu thun?

Drave. (nimmt das Billet, daran er geschrieben, und giebt es ihr; während sie liest, geht er heftig umher.)

Mad. Drave. (liest.) „Hochwolgebotner Herr!
„Die Weigerung, meines Mündels Schulden zu be=
„zalen, ist den Umständen, meinem Gewissen und
„meinen Pflichten gemäß. Von diesem allen, und
„von meiner mühsamen Verwaltung, bin ich bereit,
„am gehörigen Orte, Rechenschaft abzulegen: sonst
„aber, wenn man aus übler Laune meine Redlichkeit
„in Zweifel zieht, nicht gehalten, mich zu verthei=
„digen."

Drave. (nimmt das Billet und legts zusammen) Nun?

Mad. Drave. Mich dünkt — ich wollte doch nicht — daß Du es dem Kanzler abschlügest!

Drave. (alles liegen lassend, heftig) Warum nicht? — Ich bitte dich, warum nicht?

Mad. Drave. (sehr bedenklich) Er ist ein mächtiger Mann.

Drave. Thut nichts.

Mad. Drave. Er haßt uns! Du weißt, daß er jede Gelegenheit genutzt hat, uns zu schaden. Er hat Argwohn, daß Du den Schreiber angestiftet hast, der ihn neulich des Unterschleifs beschuldigte; er hat Dich das deutlich merken lassen. Du weißt, er haßt unversöhnlich! Was hast Du seinen arglistigen Ränken entgegen zu setzen?

Drave. Ehrlichkeit — mein Herz — die gute Absicht!

Mad. Drave. Du solltest ihm doch nicht vor den Kopf stoßen — mit den Rechnungen lieber zu ihm gehen —

Drave. Erst durch Mißbrauch des obrigkeitlichen Ansehens mein Gewissen betäuben, und da das nicht fruchtet, meine Ehre kränken! — Das ist schlecht!

Mad. Drave. Das ist Alles wahr! — aber — es ist sehr wahr — freilich —

Drave. Zu dem ist das Geld, wofür er sich verwendet, sein Geld, gegen jüdischen Zins durch die dritte Hand an Brook geliehen.

Mad. Drave. Schlecht genug! Inzwischen gilt er viel, und wenn er sich rächen wollte —

Drave. Friedrich!

Friedrich. (kommt.)

Mad. Drave. Du willst es? Ich wünsche, daß es gut gehen mag!

Drave. (siegelt, macht die Aufschrift) An Herrn Kanzler.

Friedrich. (damit ab.)

Mad. Drave. Wäre Alles nur mit besserer Art geschehen! Du weißt, daß er erst neulich, Deiner Heftigkeit wegen, Dir das große Kapital aufkündigte, und —

Drave. Meiner Heftigkeit wegen? — Um es gegen höhere Prozente wieder an den Mann zu bringen! um es auch dort zu ungelegener Zeit wieder abzufordern, und so endlich alle gute Handelshäuser zu ruiniren, um desto mehr selbst wuchern zu können!

Mad. Drave. Das bei Seite; so wünschte ich — Du dringst mich Dir es zu sagen — selbst um des jungen Brook willen, daß Alles mit besserer Art geschähe. Es setzt nachher so unangenehme Verhältnisse — und er scheint, seit geraumer Zeit, gegen Augusten nicht unempfindlich zu seyn.

Drave. (betroffen) So? — Und Auguste?

Mad. Drave. Liebt ihn sehr.

Drave. (ausbrechend) Daß Gott erbarm!

Mad. Drave. Was hast Du?

Drave. Hat mir es doch geahndet! hab ich es doch gedacht! Deßhalb schleicht das Mädchen um mich herum, als wenn sie ein böses Gewissen hätte — darum ist sie, als wenn sie nicht mehr zu mir gehörte! Hat mir die unselige Vormundschaft nicht Entsagungen genug gekostet? Hat sie mein Leben nicht durch Sorgen und Aerger gekürzt? Hab ich ihr nicht Freuden genug geopfert? Muß ich ihr auch mein einziges Kind noch opfern?

Mad. Drave. Ich sehe nicht ein, wie —

Drave. Richtig! richtig! sonst stündest Du nicht so ruhig da!

Mad. Drave. Nun, was ist es denn, das Dich so sehr erschreckt? Daß er lebhaft ist? zu Zeiten etwas wild? — Je nun, er ist jung!

Drave. Lebhaft? — wild? — jung? — Sittenloß, ausschweifend, heuchlerisch — so ist Ludwig Brook! Der ist der Mann für mein Kind? Dem lasse ich meine Auguste, wenn ich aus der Welt gehe? — Dem? Frau — Du hast mir eine schlimme Neuigkeit gebracht!

Mad. Drave. Du siehst doch Alles von der finstern Seite! Er ist leichtsinnig — sehr leichtsinnig, das ist wahr! Auch würde ich an keine Verbindung denken, so wie er ist. Die Liebe wird seine Aenderung bewirken, dann aber —

Drave. Aendern? Er? —

Mad. Drave. Ich will's lieber von seinem Leichtsinn hoffen, als von dem schwarzen Karakter des Aeltesten.

Drave. Von meinem guten, ehrlichen Philipp Brook? — O lästre nicht! — Ja, wenn Du mir die Nachricht gebracht hättest, daß sie den liebte — O

Gott! — unsere ganze Haabe wollten wir ihr mitgeben! — Die glücklichsten Aeltern wären wir geworden!

Mad. Drave. Nun fürwahr, da sähe ich denn doch auch keine Glückseligkeit, wenn wir das Mädchen zu dem Grillenfänger sperrten!

Drave. Ach, er ist ein so gutherziger Grillenfänger! —

Mad. Drave. Leichtsinn und gutes Herz gewährt mehr Glückseligkeit, als solche finstre Tugend — wenn es anders Tugend ist! —

Drave. Ich bin von Beiden nicht zufrieden. Unglücklich genug für mich! Den Aeltesten lies ich ohne merkliche Aufsicht seinen Weg gehen, weil ich diesen für den unschädlichsten hielt — und er wurde düster — voll ernster Laune — menschenscheu — Das herrlichste Talent liegt begraben, in sich selbst gekehrt; unthätig verzehrt ihn der Hang nach Thätigkeit und Größe.

Mad. Drave. Wahr! und die fröhliche Laune des Jüngsten wurde zurückgezwungen.

Drave. Unterdrückt! denn sie wurde Ausschweifung.

Mad. Drave. Statt die Natur in ihm handeln zu lassen, wurde das finstre Leben seines mürrischen Bruders ihm zum Muster angepriesen. Lieber Mann! ich fürchte, Du verdienst einigen Vorwurf, wenn sich die Brüder hassen, wenn man Ludwig der Heuchelei beschuldigen könnte.

Drave. Hassen? der Aelteste haßt seinen Bruder nicht. Haßt ihn sein Bruder? — so ist es traurig genug!

Mad. Drave. Lieben kann er ihn bei der Behandlung nicht. Er haßt nicht — aber er ist kalt. Sie haben sich ja in einem Vierteljahr nicht gesprochen.

Drave. Das muß geendigt seyn! Sie müssen sich sprechen, erklären, und Alles wird gut seyn. Ludwig hat Achtung für Dich. Beweg ihn, daß er seinen Bruder gut empfängt; ich will eine Zusammenkunft unter ihnen veranstalten.

Mad. Drave. Gut Da es nun einmal so weit ist, was denkst Du wegen Augusten zu thun?

Drave. (nachdenkend) Ha! jetzt kann ich Alles reimen, was zeither mich befremdete. — Somit sehe ich denn auch wol, daß ihre Leidenschaft zu ernstlich ist, als daß da noch viel zu thun wäre. Zwingen werde ich sie nicht — aber von Brooks Neigung muß ich mich erst überzeugen.

Mad. Drave. Das kannst Du sehr leicht und bald. Seine Erklärungen waren bestimmt genug.

Drave. Wenn das ist.

Mad. Drave. Hättest Du nur das fatale Billet nicht weggeschickt — Brook ist doch einmal in Konnexion mit dem Kanzler —

Drave. (bedeutend) Das weis ich!

Mad. Drave. Und diese Konnexion —

Drave. Wünschte ich abgebrochen zu sehen, als Vormund, und würde sie schlechterdings verbieten, als — als — (mißmütig) wenn aus der bewußten Sache was werden sollte.

Mad. Drave. Warum das eben? —

Drave. Weil — wie Du auch manchmal fragen kannst!

Mad. Drave Freilich möchte ich meinen Sohn nicht gern oft in dem Hause wissen: allein itzt — wer kann es ihm verargen? Der Mann gilt viel —

Drave. Zu Hause Burschengesellschaft, beim Kanzler Hofmachen, Rabulisterei, Bosheit und Härte! — aus der Gesellschaft seines aufgeblasenen ignoranten Sohnes, zum Ekel ermüdet von den Künsten seiner koketten Tochter — überläßt man uns den jungen Herrn. Mein friedliches, stilles Haus muß denn zum Besten jener glänzenden Eigenschaften geneckt, mein gutes argloses Mädchen getäuscht — verführt werden! — Ja, das sage ich Dir, wenn mir Jemand das Mädchen unglücklich macht! — dann — dann schütze mich Gott für Thorheit!

Mad. Drave. Ei Du siehst auch immer und ewig so viel Unheil und Böses —

Drave. Habe zu viel schon gesehen; zu viel schon erlebt! —

Mad. Drave. Daß Du darüber nie das gegenwärtige Gute genießest.

Drave. Angenommen also, was Du von der Liebe mir sagtest — so werde ich dem süßen Herrn Hofrath noch heute das Haus verbieten.

Mad. Drave. Weswegen denn das nun wieder?

Drave. Verbieten, auf jeden Fall!

Mad. Drave. Aber —

Drave. Ich bitte Dich, zwinge mich nicht, mehr über das Kapitel zu sagen. Was frommet die Gesellschaft des Narren? Das Geschwätz des Empfindlers aber kann genug verderben! — Ich habe dringende Geschäfte außer Hause. Ich kann jetzt mit dem Mädchen nicht selbst sprechen. Sobald ich zurückkomme, soll es geschehen. Bereite sie auf Alles. — Sag' ihr, daß ich mein Leben für ihr Glück hingeben könne — daß ihre Wahl die meinige seyn würde — daß ich aber — wenn sie ein Spitzbube betröge! — meine Rache verfolgen würde, bis auf die Stufen des Throns!

(Er geht zur Gassenseite, Mad. Drave nach der Mitte zugleich ab.)

Ende des ersten Aufzugs.

Zweiter Aufzug.

Erster Auftritt.

Auguste (sitzt und liest, macht das Buch zu, trocknet sich die Augen. Indes kömmt) Mad. Drave. (In der Folge) Friedrich.

Mad. Drave.

Wieder gelesen! und auch wieder geweint?

Augusta. Nicht doch, liebe Mutter!

Mad. Drave. Wenn die verweinten Augen Dir nicht widersprächen! — Du mußt nicht so oft allein seyn — Dich beschäftigen! — Glaub nur, es zerstreut Dich mehr. Ich will Deine Stickerei holen lassen.

Auguste. Wollen wir nicht auf mein Zimmer gehn?

Mad. Drave. (klingelt) Um den Menschen auszuweichen!

Friedrich. (kömmt.)

Mad. Drave. Lisette soll ihm die Stickerei geben. (Friedrich ab.) Hier ist es freier, lebhafter; Dein finstres Zimmer ist Nahrung für Deine Grillen. Weißt Du daß wir eilen müssen, wenn die Stickerei noch auf den Geburtstag fertig werden soll!

Auguste. Freilich wol! — Ich bin seit einiger Zeit nachläßig gewesen.

Friedr. (bringt den Rahmen.)

Mad. Drave. Wenn ich Dir nicht helfe, so wirst Du schwerlich enden.

Auguste. (indem sich beide an die Arbeit gesetzt haben.) Ich glaube die Zeichnung ist nicht übel — sie wird ihm gefallen.

Mad. Drave. Allerdings. Die Zeichnung ist sehr gut. Nur denke ich, die Farben waren etwas zu einfach gewält.

Auguste. Eben das gefällt mir so. Die große weiße Fläche — und das sanfte Grün — es giebt so einen freundlichen Anblick.

Mad. Drave. Gut. Nur räume meinem Geschmack so viel ein, daß leichte Rosenbande das Grün mehr erhöhen.

Auguste. (vor sich hin.) Rosenbande? (ihre Mutter mit einem Seufzer ansehend.) Keine Rosenbande!

Mad. Drave. Warum nicht?

Auguste. (mit einiger Rührung.) Sie würden mir nicht geraten!

Mad. Drave. Ueber die stolze Bescheidenheit!

Auguste. Sind nicht Rosenbande das Bild der Freude?

Mad. Drave. (ihre Hand fassend, mit Zuversicht.) Grün ist die Farbe der Hoffnung.

Auguste. Besser ich leide, als daß ich gar schon bis zum hoffen gekommen wäre.

Mad. Drave. Die gröste Schwierigkeit habe ich heute aus dem Wege geräumt!

Auguste. So?

Mad. Drave. Ich habe Deinen Vater von Deiner Liebe unterrichtet.

Auguste. O liebe Mutter, was haben Sie gethan!

Mad. Drave. Was wir schon längst hätten thun sollen. Weißt Du Jemand, dem Dein Glück ängstlicher am Herzen liegt, als —

Auguste. Alles wahr! Alles! Aber ehe hätte ich diese Liebe bekämpfen müssen, als — da ich einmal —

Mad. Drave. Bekämpfen? Als ob Du das nun noch könntest! Ich kenne den Zustand Deines Herzens besser als Du selbst. Ich habe für Dich gesorgt; darum härme Dich nicht so; denke Dir nicht Schicksale, welche Deiner Liebe nicht bevorstehen. Dein Vater will alles, was nur mit Deinem Glück bestehen kann.

Auguste. (freudig) Was sagen Sie? — mein Vater —

Mad. Drave. Wird sich in seiner Entschließung nicht übereilen; und das mußt Du auch nicht, liebes Kind! Aber Du darfst alles von Deinem Vater hoffen — wenn Brook Dich ernstlich liebt.

Auguste. Wenn? — Ach liebe Mutter, dieses Wenn kostet mich schon unaussprechlich viel. Wenn er meine aufrichtige Liebe hinterginge! Er scheint vielseitig —

Mad. Drave. Wenigstens sehr leichtsinnig.

Auguste. Er spottet der Empfindung.

Mad. Drave. Als den gefühlvollsten Mann mußt Du ihn Dir freilich nicht denken.

Auguste. So, wie er nun einmal lebt, muß er sich wol betäuben.

Mad. Drave. Alles gut! Nur sollte er nicht vergessen, daß das Urteil —

Auguste. Bös ist er nicht.

Mad. Drave. Das nicht.

Auguste. Wenn er ganz unbeobachtet ist, thut er doch manches Gute.

Mad. Drave. O ja!

Auguste. Und immer mit so vieler Herzlichkeit — ganz ohne den Schein zu wollen.

Mad. Drave. Das ist wahr.

Auguste. Ein Mann kann nicht für Alles so weich seyn, als wir; gefühllos ist er aber darum doch nicht! Er steht nicht gut mit seinem Bruder — es thut mir leid —

Mad. Drave. O deshalb entschuldige ich ihn gern! — wer kann mit dem Sauertopf auskommen?

Auguste. Nun sehn Sie — dem ungeachtet, welchen herzlichen Antheil nahm er nicht an seiner Krankheit? wie unermüdet war er für seine Bequemlichkeit besorgt! O er ist nicht böß! Er ist gewiß nicht böß!

Mad. Drave. Indeß wäre nun Alles wahr und gut. Aber — denn man muß auf Alles denken — wenn er nun gleichwol —

Auguste. Für mich nicht gut wäre? — Ach, ich Unglückliche! Und ich liebe ihn so herzlich! liebe seine Fehler; denn die schlimmsten entstanden aus Anlagen zu herrlichen Eigenschaften —

Zweiter Auftritt.

Der Hofrath Flessel. Vorige.

Hofr. Meine schöne Damen, ich lege mich Ihnen zu Füßen!

Auguste. Herr Hofrath —

Mad. Drave. Wir haben Ihren Besuch so früh nicht vermutet.

Hofr. Ich bin fast rasend geworden, auf meine Ehre! bis die Wohlstandsstunde mir erlaubte, hieher zu eilen. — Man ist doch gar zu gut in Ihrem Hause — und bei Ihnen, meine Angebetete!

Auguste. Es muß noch grünes Band dort auf Ihrer Seite liegen.

Mad. Drave. Hier, mein Kind.

Hofr. Wer ist denn der Glückliche, für den Sie diese allerliebste Arbeit bestimmen?

Mad. Drave. Diese Weste ist für meinen Mann.

Hofr. Fürwahr, Niemand, als der Vater dieser Grazie, darf es wagen, dieses Meisterstück des feinen eleganten Geschmacks an sich blicken zu lassen!

Mad. Drave. Ei, ei, Herr Hofrath, Sie sind heut wieder geneigt —

Hofr. Das schwöre ich, lebten wir noch in der goldenen Zeit der Minne, oder wären Ihre Anbeter Fürsten, und Einer würde mit diesem Geschenk beglücket — fürwahr das könnte blutige Kriege veranlassen!

Auguste. Unmöglich können Sie glauben, daß dem Frauenzimmer diese Uebertreibungen gefallen; warum also —

Hofr. Uebertreibungen? Sie sagen Uebertreibungen? — Ist nicht die Gunst der Schönen —

Dritter Auftritt.

Philipp Brook. Die Vorigen.

Philipp. Guten Morgen, Madam! — (Er verneigt sich mit sanftem Ausdruck gegen Augusten, welche Ihm verbindlich dankt.) — Ist Herr Drave nicht zu Hause? — Guten Morgen, Herr Hofrath.

Mad. Drave. Nein, er ist — (Sie nimmt Ihn bei Seite, und bezeigt ihren Verdruß an der Gesellschaft des Hofraths.)

Philipp. (fixirt Ihn, und antwortet ihr mit einem einzigen Achselzucken.)

Hofr. (während dessen) Mamsell Auguste — Sie sollen einen herrlichen Spas erleben!

Auguste. Wie so?

Hofr. Der soll persiflirt werden! — der soll schwizzen, daß ihm angst und bange wird!

Auguste. Ich verbitte mir das!

Mad. Drave. (Ihr Gespräch endend) daher erwart' ich meinen Mann auch gleich wieder zurück.

Philipp. Es wäre mir sehr lieb!

Hofr. Mein Herr Brook, ich habe die Ehre, Ihnen mein Kompliment zu machen.

Philipp. (Vom wieder angefangenen leisen Gespräch sich rasch umwendend, nach einem festen Blick.) Worüber?

Hofr. Ueber — ei! — hm! über — darüber, daß ich das Vergnügen habe, Sie zu sehen.

Philipp. Das war eine gute Definizion von einem Kompliment. — (zu Augusten) Wie kömmt es, daß Sie mit Ihrer Arbeit noch nicht weiter sind?

Auguste. Schuld des guten Wetters — Hausgeschäfte — Visiten —

Hofr. Ich habe die Ehre, daß Ihr Herr Bruder mit mir in sehr genauer Freundschaft steht.

Philipp. In sehr genauer?

Hofr. Sehr genauer!

Philipp. Das ist das erstemal, daß ich meines Bruders Genauigkeit rühmen höre.

Hofr. Aber, sagen Sie mir nur, lieber Herr Brook — sagen Sie mir nur, warum man Sie so selten sieht?

Philipp. Damit man mich nicht zu oft sehe.

Hofr. Das ist Alles löblich und gut! Aber, mon cher, Sie sperren Sich zu Hause ein, wie ein Eremit; Das ist ja gegen Ihre Jahre — gegen Ihre Bestimmung!

Philipp. (untergeordnet) Finden Sie das?

Hofr. (aufgebläht) Allerdings!

Philipp. (sich belehren lassen wollend) Sie haben also über meine Bestimmung nachgedacht?

Hofr. (mit Prätension) Pah! was brauchts da viel Nachdenkens — das sieht man auf den ersten Blick, daß Sie die nicht erfüllen.

Philipp. (besorgt) Wirklich?

Hofr. Gewiß! (belehrend) Sie leben, z. E. in gar keiner Vertraulichkeit mit Ihren Freunden.

Philipp. (einen Schritt zurück.) Ich unterscheide Bekannte von Freunden.

Hofr. (mit Protection) Warum bewerben Sie Sich nicht um ein Amt?

Philipp. Weil ich noch keines offen fand, dessen Pflichten ich ganz erfüllen könnte.

Hofr. (schadenfroh und überlegen) Nein, nein, mein scharmanter Freund! Sie verscherzen hohe Freundschaft — Sie suchen keine Protection —

Philipp. Ei — loben Sie mich nicht ins Gesicht!

Hofr. Wenigstens — da Sie doch ein beträchtliches Vermögen haben — warum kaufen Sie Sich nicht einen Titel oder Rang? denn —

Philipp. Weil — doch meine Antwort liegt ja in Ihrer Frage.

Hofr. Wie so?

Philipp. Weil diese Dinge zu kaufen sind!

Hofr. (etwas verlegen.) Hahaha! das ist recht schöne Moral — je nun, Msr. Brook schlecht weg! klingt auch so übel nicht. Hahaha! — Wie gefällt Ihnen das, meine Damen? Hahaha! Schlechtweg! — Msr. Brook schlechtweg! Hahaha!

Philipp. Sehn Sie — in gewisser Rücksicht — finde ich Titel und Rang, wenn auch gekauft, dennoch so übel nicht —

Hofr. Aha, Er fängt an nachzugeben! einzuräumen! Bravo! bravo!

Philipp. Gekaufter Titel — giebt die besten Verhältnisse für einen Dummkopf.

Hofr. Wie so?

Philipp. Weil schon kein ehrbarer Mensch ihn mit der Frage drücken wird: — Freund, warum stehst du da?

Hofr. (Sehr verlegen) Das ist nicht übel —

Philipp. Und Rang? — O, der ist oft — das wissen Sie — ein probates Mittel, den Schurken zu schützen. — Verzeihen Sie mir die trockene Unterhaltung! (will fort.)

Hofr. Bravo! Hahaha! — (Ihn haltend) Bravo, Herr Sirach Brook! Bravo! Hahaha!

Philipp. — Kennen Sie Sirach!

Hofr. Ja.

Philipp. Haben ihn vielleicht gelesen?

Hofr. Oft, sehr oft! — Hahaha! Und höre ihn eben jezt wieder. Hahaha!

Philipp. Und haben doch einen seiner Kernsprüche vergessen —

Hofr. Hahaha! Welchen?

Philipp. Ein Weiser lächelt — ein Narr? ein Narr, Herr Hofrath — lacht über laut! (ab.)

Vierter Auftritt.

Mad. Drave. Auguste. Der Hofrath.

Hofr. O es ist Jammer und Schade, daß er fortgieng! — er verdirbt uns einen Hauptspaß!

Mad. Drave. Das Lachen ist doch eben nicht auf Ihrer Seite.

Hofr. Weil er mir die besten Repliken durch seine Flucht genommen hat! Aber — „Sirach Brook!“ wie gefällt Ihnen das, meine Damen? — „Sirach Brook!“ so soll er heißen! — Hahaha! — wenn ich das seinem Bruder erzälen werde, der stirbt für Lachen. — Aber hätte ich doch über den Herrn vom Katheder beinahe vergessen, Ihnen den neuen Almanach zu zeigen, den ich erst ganz kürzlich von —

Fünfter Auftritt.

Die Vorigen. Herr Drave.

Drave. Guten Morgen Herr Hofrath.

Hofr. Ergebenster Diener, mein Bester! ergebenster! — Sie haben Sich doch von Ihrer neulichen Unpäßlichkeit völlig wieder erholt?

Drave. O ja.

Hofr. Nehme von Herzen Antheil daran!

Drave. Danke Ihnen.

Hofr. Wünsche, daß fernere Kontinuazion Sie bald —

Drave. Sehr verbunden! (leise zu seiner Frau) Geh mit Augusten hinunter.

Mad. Drave. (winkt Augusten. Im Gehen zu Drave:) Nur mit guter Art!

(mit Augusten ab.)

Sechster Auftritt.

Der Hofrath. Herr Drave.

Hofr. (will den Damen nach) Ich werde mit Ihrer Erlaubnis —

Drave. Bleiben Sie, mein Herr. Ich habe Ihnen etwas zu sagen —

Hofr. Mit unendlichem Vergnügen.

Drave. Mein Herr, Sie thun seit geraumer Zeit meinem Hause die Ehre an, es oft zu besuchen —

Hofr. Bitte gar sehr; die Ehre und das Vergnügen sind auf meiner Seite.

Drave. Ohne Schmeichelei! — was das Vergnügen anbetrift, so — es ist mir leid, es sagen zu müssen — ist das nicht auf meiner Seite.

Hofr. Ei — mein Herr Drave! — ich will nimmer hoffen —

Drave. Damit wir einander gleich verstehen, ohne Umschweife — Die Ursache Ihrer Besuche ist eine gute Meinung, welche Sie für meine Tochter hegen?

Hofr. Allerdings!

Drave. — Haben Sie die Absicht, meine Tochter zu heiraten?

Hofr. Ja — wenn nur — sehen Sie — O ich? — was mich beträfe —

Drave. (stark.) Und eine Andre haben Sie gewiß nicht! — So mus ich Ihnen sagen — meine Tochter kann diesem Ihrem Wunsche nicht willfahren. Von einer Verbindung ist also auf beiden Seiten gar nicht die Rede. Daher bitte ich Sie, um den guten Ruf meiner Tochter zu erhalten — (äußerst schonend) mein Haus ferner nicht zu besuchen.

Hofr. Wie? Sie setzen mich in das gröste Erstaunen — wie? ich —

Drave. Verzeihen Sie — Vatersorge bringt mir diese unangenehme Unterredung ab!

Hofr. Aber sagen Sie mir, was haben Sie für Einwendungen gegen mich? — wenn auch — leider keine Verbindung statt fände — warum sollte ich ferner Ihr Haus nicht besuchen?

Drave. Weil das Mädchen — verwöhnt an die Tändeleien der Liebhaber — einst die Pflichten der Gattinn darüber vernachläßigen könnte.

Hofr. Das sind eitle Ausflüchte, mein Herr Drave! Ausflüchte — irgend einen geheimen Groll damit zu bemänteln —

Drave. Mein Schatz, ich habe keinen geheimen Groll gegen Sie.

Hofr. Ja, ich merk' es, den haben sie! (sehr heftig) Aber das rathe ich Ihnen --

Drave. Sie gefallen mir nicht. Sie sehen auch, daß ich das ja gar nicht bemäntele.

Hofr. Ich spreche nun gar nicht mehr von meiner Neigung. Aber ich sage Ihnen, daß nun schlechterdings meiner Ehre daran liegt, Ihr Haus ferner zu besuchen.

Drave. Geben Sie vor: Sie wären unsrer Gesellschaft überdrüßig worden. — Sie haben mein Wort, daß ich dem nie widersprechen will.

Hofr. (sich brüstend) Da würden Sie Ihrem Hause und Ihrer Tochter eine feine Renommee zuziehen!

Drave. (ruhig lächelnd) Ich weis ja, wie viel ich hasardiren darf!

Hofr. Herr! Sie sind unausstehlich! — Aber — ich rathe Ihnen wohlmeinend, — denken Sie nach, mit wem Sie zu thun haben!

Drave. (Ihn messend) Ich habe von Wort zu Wort daran gedacht.

Hofr. Es könnte Sie reuen — Sie wissen nicht! — es könnte Sie gewaltig reuen!

Drave. Bewahre! bewahre!

Hofr. Noch Eine Stunde gebe ich Ihnen Bedenkzeit, ob Sie Ihre Grobheit wieder gut machen wollen — wo nicht? — so will ich Ihnen zeigen —

Drave. (zornig) Herr! und ich gebe Ihnen zwei Sekunden Bedenkzeit, ob Sie mein Haus verlassen wollen — (sich fassend) wo nicht — (er nimmt aus mehreren Schlüsseln einen, und legt ihn auf einen Stuhl) so ist hier der Schlüssel; schliesen Sie doch das Zimmer ab, wenn Sie gehen. (im Begrif abzugehen.)

Hofr. Bleiben Sie. Ich gehe. Herr! ich gehe — aber das schwöre ich Ihnen heilig — Sie sollen den Augenblick bereuen, oder ich will das Leben nicht haben! (ab.)

Siebenter Auftritt.

Drave. (Ihm einen Schritt nach) Bursche! du mir drohen? — Ich möchte wahrhaftig — hm! laß ihn laufen! — Mag er's meinetwegen zu Hause wieder erzälen! —

Achter Auftritt.

Voriger. Mad. Drave.

Mad. Drave. (schnell) Mein Gott! Du wirst doch nicht —

Drave. Was?

Mad. Drave. Der Hofrath schoß wütend an mir vorbei, die Treppe hinunter, und ohne ein Wort zu sagen, zum Hause hinaus!

Drave. Der Pinsel! Ich nahm eine bessere Wendung, hielt länger an mich, als es nöthig gewesen wäre!

Mad. Drave. (empfindlich vorwerfend) Das ist nun wieder einer von Deinen heftigen Streichen!

Drave. (äußerst hievon befremdet) Es thut mir leid, daß ich immer gedrungen werde, mit Heftigkeit die Fehler wieder gut zu machen, die Du mit allem Bedacht begehst.

Mad. Drave. Nun! — was habe denn ich hierbei gefehlt?

Drave. (mit steigendem Affekt) Unter uns, meine liebe Frau, schmeichelte es nicht Deiner mütterlichen Eitelkeit, einen Schwarm von Liebhabern um Deine Tochter herumflattern zu sehen? — Nähmst Du nicht auf irgend eine eigenliebische Art Antheil an den Aufmerksamkeiten, Schmeicheleien und Komplimenten, die Deiner Tochter gesagt werden — so wäre alles das jetzt nicht so —

Mad. Drave. Dieser Vorwurf —

Drave. So hättest Du die Gesellschaft solcher Dummköpfe nicht ertragen können!

Mad. Drave. Aber das Mädchen —

Drave. Liebt Einen! — was sollen die Uebrigen? — durch übertriebene Liebeserklärungen ihren Stolz reizen? — durch fade Empfindelei ihr Herz verderben? — Was ist aus dem Mädchen geworden? — sprich selbst! Ist das meine Erziehung, was mir jezt Sorge macht? — Oder wessen ist sie? — Deine!

Mad. Drave. (mit niedergeschlagenem Blick) Aber —

Drave. Aber immer durchkreuzt Euer Eigensinn unsre besten Plane! und wenn Ihr mit Euren Schwächen und Eitelkeiten alles verdorben habt, — wer mus helfen? — der Mann! der Vater! — O! glücklich genug, wenn man ihm das noch verstattet!

Mad. Drave. Du thust auch, als wenn Alles verloren wäre! als wenn —

Drave. Genug verloren! Genug! — wie oft hab ich vor den empfindsamen Romanen gewarnet! wie viele Mühe gab ich mir, daß diese Krankheit nie in mein Haus kommen möchte! Ich schaffte Euch gute Bücher und sorgte für jede angenehme Unterhaltung — Alles umsonst! — Du freutest Dich, die elenden Phrasen von ihr hersagen zu hören; Dir schwindelte für Stolz, wenn ein romantischer Aufsatz von dem Mädchen zusammengeschwärmt und herdeklamirt ward! — Ich sprach, ich warnte, ich bat, und ward nicht gehört, nicht geachtet, und — ausgelacht.

Mad. Drave. Sie hat feines Gefühl von der Natur empfangen. Wenn Du nun jeden Ausbruch desselben für Empfindelei erklären willst, so —

Drave. Ich unterscheide das! Gott gab dem Mädchen ein Herz, das warlich Edles fühlt, gegen keine Noth des Menschen gehärtet ist! — dabei hättest Du es lassen sollen. Aber das war nicht genug! — und so wurden große Gefühle durch Empfindelei weggekränkelt!

Mad. Drave. (unwillig) O das ist nicht der Fall —

Drave. Wirst es schon noch sehen! Gott hüte sie für unglücklicher Liebe! aber Du würdest es dann sehen. — Das Herumschleichen im Mondenschein — das Besuchen der Kirchhöfe — das sind alles Folgen dieser Krankheit! — (weich) Von mir wendet sich ihr Herz ganz ab.

Mad. Drave. Du zerreißest mir das Herz mit dieser Beschuldigung! (sie setzt sich.)

Drave. (äußerst gerührt) Ich sehe es leider nur zu deutlich — Ich weiß auch gar nicht mehr, wie ich mit ihr sprechen soll! Ihr Herz leidet! — Jeder Rath ist Bedrückung und Härte! Alles ist Elend; und wo kein Elend ist, schmachtet sie darnach, elend zu seyn! Ich gab mir so viel Mühe, ihr die Welt bekannt zu machen, wie sie ist; ihrer Seele eine Fassung zu geben, worinn sie Schicksale männlich aufnehmen könnte — — statt dessen, träumt sie sich eine Welt, wie es keine giebt! einen Mann, wie er nicht seyn kann, nicht seyn darf! — Sag mir, was für ein Weib wird das ihrem Mann? ihren Kindern welch eine Mutter? die für erträumtes Elend immer Thränen, für die Freuden nie ein Lächeln bereit hat?

Mad. Drave. Was soll ich darauf sagen? Ich sehe ja, daß ich Dich nicht beruhigen kann.

Drave. Das kannst Du auch nicht! Ich sehe es, wie ihre blühende Jugend welkt und schwindet; ich sehe es, wie ihre gute Seele nach Glückseligkeit ringt, — und weiß, daß sie sie auf dem Wege nimmer findet. — (mit höchstem Schmerz) Was kannst Du dagegen sagen? Worte? — (fast ausser sich) Ich sehe, daß sie ihren Vater — sonst ihren ersten Freund — meidet, flieht! — Wenn sie sich unter die Erde gehärmt und geweint hat, wenn ich kinderlos auf ihrem Grabe weine — was kannst Du mir dann geben, zu meiner Verzweiflung?

Neunter Auftritt.

Vorige. Auguste.

Drave. Komm her, Mädchen! ich sehne mich nach Dir. (Einen Schritt zurück.) Es ist eine große Abrechnung unter uns Beiden — (herzlich) umarme mich!

Auguste. (umarmt ihn etwas kalt.)

Drave. (mit Schmerz und Muth.) So wie sonst!

Auguste. (fällt in seine Arme.)

Drave. (mit überfließendem Herzen) So! — recht

von Herzen! — (küßt sie) So! — (schiebt sie sanft von sich) und zerrissen ist deine Schuld!

Auguste. O mein Vater!

Drave. Du bist seit ein paar Wochen sehr fremd gegen mich gewesen! Es ist gewiß nicht meine Schuld. Gott weis! ich wache und träume ja nur Gutes für Dich!

Auguste. O lieber Vater! (von Ihm etwas entfernt) Ihre Auguste ist ein ungehorsames Mädchen!

Drave. Warum? — weil Du liebst? — Nein Mädchen, darum nicht ungehorsam. Gott lasse Deine Liebe nur glücklich seyn!

Auguste. Aber daß ich mich Ihnen nicht anvertraute —

Drave. (heftig) Das war Unrecht! — großes Unrecht an mir.

Auguste. Ach! und ich liebe doch keinen Menschen so herzlich, als Sie und meine Mutter! — Sagen Sie es, liebe Mutter, wie oft in Ihrer Gegenwart das Geständnis meiner Liebe mir auf den Lippen schwebte.

Drave. Nun? und warum sprachst Du nicht?

Auguste. Ich fand niemals den Augenblick so, wie ich ihn wünschte — —

Drave. (heftig.) Daran sind Deine verdammten Bücher Schuld!

Mad. Drave. O lieber Mann, sei doch —

Drave. (gemäßigt.) Sonst war es nicht so! — sonst kamst Du mit offnem Herzen zu mir.

Auguste. Ich will nun immer wieder so handeln, mein gütiger Vater.

Drave. Such ich denn Augenblicke, Dich zu lieben? Ich sorge immer für Dich. Das Unschädlichste thue ich nicht, ohne mich zu fragen: „Ist das auch gut für „meine Auguste?" — Ich schließe meine Augen nicht, ich bete erst für mein Kind — ich freue mich meines Aufstehens nicht, als nur für Dich zu sorgen, an meinem Kinde Freude erleben zu können: und die, für die ich Alles das thue — sucht Augenblicke, gut und aufrichtig gegen mich seyn zu können!

Auguste. O meine Mutter! (lehnt sich an sie.)
Mad. Drave. Hör auf, ich bitte Dich!

Drave. Warum wendest Du Dich zu Deiner Mutter? Mich hast Du gekränkt. Komm zu mir! Ich habe Dir ja vergeben. (Auguste fällt ihm um den Hals.) Sei nur gut und aufrichtig und geradezu! — Mädchen, das darfst Du glauben: in all Deinen Büchern gibts keinen Vater, der seine Tochter so herzlich liebt, als ich Dich!

Auguste. O wär' ich todt, so kränkte kein Verdacht von Undank mein Herz!

Drave. Ach Gott! nein, nicht todt! — so hätte ich Dir ia nichts zu verzeihen — Nun — ich bin mit meinem Kinde wieder einverstanden! wo lebt ein Mensch, der glücklicher wäre, als ich! Die ganze Hoffnung meines Lebens halt' ich iezt in diesen Armen! (Er umarmt sie, und Beide bleiben einige Augenblicke in dieser Stellung.)

Mad. Drave. (nach einer Pause.) Gehöre ich nicht zu euch?

Drave. (rasch.) Vergib mir — vergib! was wäre mein Leben ohne Dich? wer könnte sich so herzlich mit mir über meine Auguste freuen, als die, welche sie mir gab! Jezt will ich Deinen Flüchtling aufsuchen. Gott! laß mich ihn finden, wie ihn dies Mädchen verdient! so gabst Du mir heute alle Glückseligkeit, deren der arme Sterbliche nur fähig ist. (Er geht, wendet sich aber wieder rasch zu seiner Frau.) Ich bin nicht empfindsam, aber daß ich Dich übersah — verdient eine reuige Thräne! (Er geht.)

Mad. Drave. (ihm hastig nach.) Laß mich sie wegküssen, diese Thräne! (Drave ab.)

Zehnter Auftritt.

Madame Drave. Auguste.

(Pause.)

Mad. Drave. Liebe Tochter, größern Segen kann ich Dir nicht wünschen, als Deinem künftigen Mann das Herz Deines Vaters.

Auguste. (mit Innigkeit.) Das fühl' ich!

Mad. Drave. Er ist heftig — in einer Familie die Gelegenheit zu kleinen Uneinigkeiten mancherlei — Ach! und ieder Zwist endigte sich damit, daß unsre Herzen noch enger vereinigt wurden.

Eilfter Auftritt.

Vorige. Philipp Brook.

Auguste. (die ihn eintreten hört, etwas überrascht.) Grade iezt!

Philipp. Madam —

Mad. Drave. Herr Brook — wir — verzeihen Sie — wir — warum will ich es läugnen? — hatten eine Unterredung, die —

Philipp. Ich gestört habe? Ich sehe es, und will —

Mad. Drave. Bleiben Sie; ich könnte sie doch nicht fortsezzen. Mein Herz ist zu voll — ich — ich —

Philipp. Haben Sie Mißvergnügen gehabt?

Mad. Drave. Nein, mein Herr.

Philipp. Oder sonst einen Kummer — an dem ich durchaus nicht Theil nehmen kann?

Mad. Drave. Auch das nicht.

Philipp. — Doch haben Sie geweint? — Lassen Sie mich hier bleiben; Jeder Traurende hat ein Recht auf mich; — und wenn Sie trauern? (zärtlich.) wenn ich Ihre Thränen sehe, meine gute Auguste —

Auguste. Es sind dankbare Thränen, Herr Brook! — Thränen der Tochter über die Liebe ihres guten, guten Vaters.

Philipp. (aufgeheitert.) Freudenthränen? — Ja, liebe Madam? — hm! so wohl ward mirs lange nicht, die zu sehen! wohl dem, über den man sie weint!

Mad. Drave. Wohl ihm!

Philipp. (gerührt.) Er wird einst der Grabschrift entbehren können!

Mad. Drave. O nicht so, Herr Brook!

Philipp. Wie?

Mad. Drave. Sie erhalten uns in dieser schwermütigen Stimmung.

Philipp. Schwermütig? Ich bin herzlich froh — so ganz gut gesinnt für Jedermann, als man es nur seyn kann — wie man denn das fast immer wird, wenn man hieher kommt — Es müste denn seyn, daß Auguste ihren finstern Tag hätte.

Auguste. Das werfen Sie mir vor?

Philipp. Mit Grunde. Wirklich, ich mache Ihnen darüber Vorwürfe. Wer Sie kennt, schäzt Sie, liebt Sie; Sie sind schön und iung — warum trauern Sie?

Mad. Drave. Verzeihen Sie mir, daß ich meiner Tochter Wort wiederhole. — Das sollten Sie doch nicht tadeln.

Philipp. Warum nicht?

Mad. Drave. Fragen Sie mich das noch?

Philipp. Gewiß. Denn daß die allgemeine Meinung von mir, auch die Ihrige wäre — glaube ich nicht.

Mad. Drave. (verlegen.) Herr Brook —

Philipp. Sie weichen mir aus? — Entweder Sie glauben zu viel Gutes, oder zu viel Schlimmes von mir!

Mad. Drave. Seyn Sie versichert, daß wir in Ihnen einen Mann schäzzen.

Philipp. Ich wollte keine Wendung der Höflichkeit — Ich bitte um die Meinung Ihres Herzens.

Mad. Drave. (sehr verlegen.) Wenn wir auch in Ansehung einiger Dinge verschieden denken —

Philipp. Nun?

Mad. Drave. Aber Herr Brook, Sie sehen, wir kommen von einer Unterredung, welche dieser zu sehr entgegengesezt war. Nun, diesen Augenblick —

Philipp. Bitte ich, schenken Sie mir. Nicht in iedem Augenblick, nicht iedem Menschen mag ich Rechenschaft von mir ablegen! Jezt — und gegen Sie füle ich mich gedrungen, es zu thun.

Mad. Drave. Aber wie soll ich iezt zu einer kalten Untersuchung —

Philipp. Nicht eine kalte Untersuchung ist es, warum ich bitte. (warm.) Lassen Sie das Wolwollen Ihres menschenfreundlichen Herzens — (zu Augusten mit Ausdruck.) lassen Sie Ihre gutmütige Seele den Freund richten — Auguste — ich bitte um Ihre Geduld.

Auguste. Lieber Herr Brook —

Philipp. Um Ihre Theilnahme. Was Gewohnheiten, was die Feler gegen das Herkommen betrift — darüber lassen Sie uns hinausgehen. Habe ich hierin Dinge angenommen, welche Ihnen nicht gefallen, — so geschah es — aus Zufall. — Ich hatte ja Niemanden, dem es lieb gewesen wäre, wenn ich es nicht gethan hätte.

Mad. Drave. Darüber gehe ich hinaus — obgleich manche Ihrer Gewohnheiten gegen die Geselligkeit sind.

Philipp. (warm.) Geselligkeit? Ich habe hohe Begriffe von Geselligkeit.

Mad. Drave. Und doch üben Sie diese Tugend nicht!

Philipp. (heftig.) O da treffen Sie einen Punkt —

Mad. Drave. Verschliessen Sich menschenfeindlich —

Philipp. O möchten Sie meine Wärme, meinen guten Willen für die Menschen kennen, wie sie Gott kennt! Ich — traurig genug, daß ich in die Notwendigkeit gesetzt bin, so von mir selbst zu sprechen — Aber mit Wahrheit, mit Selenruhe, sage ich Ihnen — Ich liebe die Menschen. Wenn ich aber dafür, daß ich das Schicksal des Elenden im Herzen trug, wie mein eignes — verspottet wurde, wenn Mißbrauch meiner edelsten Gefüle, mich dann und wann scheu machte — bin ich darum Menschenfeind?

Mad. Drave. (etwas einräumend.) Herr Brook! —

Philipp. Wenn meine Begriffe von Geselligkeit geläutert, wahr sind — zu erhaben, als daß ich sie in dem lästernden Zirkel verbulter Weiber, rangsüchtiger Dummköpfe ausüben zu können glaubte — bin ich darum ungesellig?

Auguste. (schnell) O nein, lieber Brook! —

Philipp. Wenn ich in dem Amte, wozu ich taugen könnte, meine bessere Ueberzeugung auf Konvenienz hinausgewiesen, meine Wärme für die leidende Menschheit von kaltem Eigennuz zurückgescheucht sehen muß — bin ich zu tadeln, wenn ich darnach nicht strebe?

Mad. Drave. Das nicht —

Philipp. Als ich denn nun so manche Kraft, wirksam zu seyn, in mich zurückdrängen mußte; als glühender Eifer verkannt, gemißdeutet wurde; als ich die Handlungen meines Herzens von Dünkel und Vorurtheil mußte tadeln, vernichten lassen; als ich sah, daß Alles, dem man mit rascher Jugendkraft entgegeneilt, es zu bewundern — oft — fast immer Larve ist — daß unter den edelsten Außenseiten der Menschenliebe — das unedelste Selbst wuchert: — da zog ich mich zurück, und gab den schönen Traum der möglichen großen Wirksamkeit für das Ganze auf. Bald — in einer glücklichen Stunde, hoffe ich, meinem gedrückten Vaterlande die Pflichten des Bürgers abzutragen. In einer Stunde, sag ich — Nur in einer Stunde! Aber ich denke, eine That werde sie bezeichnen. Bis dahin — will ich im Stillen handeln, wo ich kann — mich bemühen, gut und froh zu seyn — und die herrlichen Augenblicke, genießen, die Bewußtseyn und Freundschaft gewähren, ohne mir weder vom Urtheil der Menge, noch von dem Spötteln der Mittelgattung einen Augenblick trüben zu lassen.

Mad. Drave. Ich habe Sie verkannt — verzeihen Sie mir.

Auguste. Ich füle, daß Sie Recht haben. Möge doch häusliche Glückseligkeit Ihnen den Ersaz für das gewähren, was Sie in der Welt nicht finden!

Philipp. Wünschen Sie mir das, Auguste?

Auguste. Edler Mann, ich wünsche es, und habe, außer der Achtung für Sie, noch manchen Grund, es herzlich zu wünschen.

Philipp. (freudig.) Gewiß? (kleine Pause.) Meine Glückseligkeit ist auf wenige Punkte ganz hingegeben. Meine Umstände verstatten mir, für Andre manches zu thun. — Ich habe einen Freund, wir genießen die Freuden des Lebens, wir theilen unsre schmerzlichen Gefüle — Alles dieses aber gewinnt izt einen erhöheten Reiz, durch die Freuden der Liebe.

Mad. Drave. Sie lieben?

Philipp. Ja.

Auguste. Lieben Sie glücklich, guter Mann?

Philipp. Ich weiß es nicht — So wie, ich bin, werde ich nun wol bleiben. Vergrößern kann sich meine Liebe zu dem edlen Geschöpfe, aber nie vermindern — (Einen Schritt näher, mit niedergeschlagenem Blick und sanfter zitternder Stimme.) Auguste, ich liebe Sie.

Auguste. Wie! —
Mad. Drave. Meine Tochter?

Phil. (in unveränderter Stellung, in eben dem Ton, aber dringender.) Machen Sie mich glücklich! Sie können es!

Auguste. O das ist zu viel! — Guter Gott! das ist zu viel!

Phil. (ihre Hand hastig ergreifend, mit zärtlicher Stimme.) Reden Sie — ich schwärme nicht — (mit hoher Rürung.) Aber ich bin izt in gewaltiger Bewegung — enden Sie sanft, Auguste!

Aug. Gott! (heftig an ihre Mutter gelehnt, Brook hat noch immer ihre Hand.) O meine Mutter! —
Mad. Drave. Wie soll ich —

Auguste. (gewaltsam.) Ich liebe Ihren Bruder!

Phil. (erschüttert.) Auch nicht? (mit einem Blick hinauf.) Auch das nicht? — (läßt ihre Hand fahren und geht.) Seyn Sie glücklich!

Mad. Drave. Brook! um Gotteswillen —

Auguste. Guter — großer Unglücklicher! warum mußten Sie in mir —

Philipp. Lassen Sie mich!

Auguste. Gehen Sie nicht von mir, ohne mir den Trost zu lassen, daß Alles, was Bruder und Schwester für Sie thun können, Ihnen einigen Trost geben wird; daß —

Philipp. Ich kann nicht mehr!

Auguste. Daß Sie wissen, wie ich Ihren Werth fühle —

Philipp. Auf Sie hatte ich gehoft, in Ihnen wäre das Leben mir wieder werth geworden — das soll auch nicht seyn? — Nun so will ich so fort wandern, schweigen, leiden — und mich freuen, wenn es aus ist! (er geht hastig.)

Auguste. Nur ein einziges Wort!

Phil. (im Gehen.) Seyn Sie glücklich! (ab.)

Mad. Drave. Hören Sie mich, Brook! hören Sie mich! (Beide ihm nach.)

Ende des zweiten Aufzugs.

Dritter Aufzug.

Zimmer aus dem ersten Akt in des Kanzlers Hause.

Erster Auftritt.

Jakob. (Ihm folgt eine Frau, in dürftigem, doch nicht armseligen, tiefen Traueranzuge; mit ihm in Unterredung begriffen.)

Die Frau. Aber, mein Gott —

Jakob. Aber und aber! — und aber hin und her — es geht nicht!

Die Frau. Ich bitt' Ihn —

Jakob. Sie kann alleweile nicht vorkommen.

Die Frau. Nur auf 5 Minuten.

Jakob. Es geht nicht. Der Herr hat Arbeit. — Nun? — geht Sie bald? — unser einer hat auch zu thun, und kann da nicht — (nimmt Tabak.)

Die Frau. Habe Er Mitleiden mit meinem Zustande — Wittwe — arm — drei unerzogne Kinder —

Jakob. Ach, mach Sie mir nicht viel Lamentazion, — sonst lasse ich Sie gar nicht wieder herein. Man hat seine Geschäfte — und daß Alle —

Die Frau. Mach Er nur, daß ich ihn spreche — ich will ja gern erkenntlich seyn.

Jakob. (im Auf- und Niedergehen vor ihr vorbei.) Ja, wie ich Ihr gesagt habe — es hält schwer!

Die Frau. (nimmt Geld aus einem kleinen Beutelchen.) Nehme Er das, als einen Beweis meiner Erkenntlichkeit.

Jakob. (sie ansehend.) Drei Kinder hat Sie? — Ja du mein Himmel! — ich wollt', ich könnt aller Welt helfen. — (die Hände auf dem Rücken, sich auf den Zehenspizzen hebend.) Wenns auf mich ankäme — (bläst mit Affektazion den Tabak vom Kleide.) Ich bin Niemand hinderlich — aber (nimmt Tabak.) Nicht auch gefällig?

Die Frau. Ach Gott, nehm Er doch!

Jakob. (Nimmts, ohne darauf zu sehen, und ohne die mindeste Bewegung, damit in die Tasche.) Stell Sie sich nur hier an die Thür; er wird bald ausfahren —

Die Frau. Glaubt Er denn, daß ich etwas ausrichten werde?

Jakob. Hm! — darnach der Herr gestimmt ist.

Die Frau. Ich müßte verzweifeln, wenn ich diesmal ohne Trost nach Hause käme!

Jakob. Und — was ich sagen wollte! — hübsch nach der Weste gegriffen — und „gnädiger Herr! das versteht sich! —

Die Frau. Aber er wird ja immer so böse darüber?

Jakob. — Mache Sie ihn böse!

Die Frau. Er hat mich neulich deshalb angefahren, daß ich —

Jakob. Nach der Weste gegriffen, und „gnädiger Herr! (führt sie vertraulich vor, und sagt ganz behaglich:) Du frommer Gott! wenn unser eins so einen Herrn nicht kennen lernte, wer sollt' es denn? — beim Ankleiden, beim Auskleiden, bei Tafel hinter dem Stule — beim Desert — wenn da nur das Gesicht erst violet wird — da kann mans ihm abmerken — da ist so ein Herr wie unser einer — wie unser einer!

Zweiter Auftritt.

Kanzler. Vorige.

Kanzler. Vorfahren, Jakob!

Jakob. (ab.)

Die Frau. Gnädiger Herr, erbarmen Sie sich meines Unglücks! — (vor ihm knieend.)

Kanzler. (mit angenommener Heftigkeit.) Nichts gnädiger Herr! — Nichts knien! — Gott ist gnädig — vor Gott muß Sie knien; nicht vor einem geringen Menschen! — Was ist Ihr Begehren?

Die Frau. Daß Sie die Gnade haben, und mein Elend lindern. Dieses Elend, und das Verdienst meines seligen Mannes, der im Kriege für das Vaterland das Seinige zusetzte — sind Ihnen nur zu wol bekannt. — Diese Schrift enthält die Bitte, eines meiner drei unerzogenen Kinder in die Freischule aufzunehmen.

Kanzler. (kalt.) Geb Sie her.

Die Frau. Ich flehe Ihre Huld nochmals an.

Kanzler. Aber — hör' Sie doch — warum hat Sie denn die Fürsprache des Herrn Geheimen Raths von Stralheim noch mit aufgeboten? Glaubt Sie etwa, daß ich zu so etwas nicht genug bin? he?

Die Frau. Der gute Herr hat so viel Mitleiden mit meiner Lage — ich glaubte, der Herr Kanzler würden die Fürsprache eines der redlichsten Männer unsrer Stadt als ein Zeugnis unsers Wolverhaltens betrachten —

Kanzler. (boshaft.) Es ist recht gut. Geh Sie nur.

Die Frau. Sollte ich so unglücklich gewesen seyn —

Kanzler. (Eine Pantomime mit der Hand nach der Thür, und in boshaft freundlicher Bedeutung.) Ich will antworten.

Die Frau. Ich flehe nochmals —

Kanzler. (das Vorige verstärkt.) Ich will antworten!

Die Frau. Ich würde Ew. Gnaden nicht so beunruhigen, wenn ich ein kleines Kapital von 500 Rthlr., das bei Herrn Drave steht, ausbezalt bekommen könnte —

Kanzler. Kann Sie das nicht bekommen?

Die Frau. Nein — es ist Meßzeit; und ich möchte den guten Mann —

Kanzler. Was Meßzeit! Wittwen und Waisen gehen vor. — Bring Sie mir eine schriftliche Aufkündigung, nebst Anzeige, daß Sie nichts erhalten kann.

Die Frau. Aber der gute Mann — hat mir das Kapital immer richtig zu 5 pro Zent verinteressirt, blos meine Umstände zu erleichtern. Ich verdanke ihm so manche Wohlthat —

Kanzler. Bring Sie das! Man sieht dann, wo man sonst etwa noch hilft!

Die Frau. Nein, gnädiger Herr! lieber arm, als undankbar! (ab.)

Drit-

Dritter Auftritt.

Voriger. Sekretär.

Sekretär. Es geht alles vortreflich!

Kanzler. So? Und wie denn, mein Lieber?

Sekretär. Ich habe eben Drave's Buchhalter gesprochen; von dem weiß ich, daß sich Drave für Rosen bei Brooks Kapital verbürgt hat.

Kanzler. (freudig.) So? so? —

Sekretär. Daß, wenn er die Summe auf den Stuz schaffen muß, er unfehlbar falliren wird.

Kanzler. Auf den Stuz muß er sie schaffen, weil Brooks Schuldner ungestüm werden. Ich habe dieserhalb dem Juden Natan die gehörigen Ordres schon gegeben. Wenn aber der Kerl das Geld auftriebe —

Sekretär. Nicht möglich. Auch soll bei dem Inventarium von dem Brookschen Nachlaß alles sehr unordentlich zugegangen seyn, weil Drave eben damals die große Lieferung hatte. Es ist nicht gerichtlich gemacht.

Kanzler. So! nun da wollen wir ihn schon kriegen! Brook hat mir eine Klage gegen dieses Inventarium unterzeichnen müssen — Nun ists gut — mit Stumpf und Stiel muß mir das Volk aus der Stadt!

Sekretär. Wenn das nur nicht zu viel Aufsehen macht! Es wagts zwar Niemand zu reden — aber der Geheimerath Strahlheim — seine Patriotismus-Fantasien —

Kanzler. Hahaha! Sind Fantasien.

Sekretär. Dazu scheint er dem Fürsten immer mehr zu behagen. Auf der lezten Kampagne hat er sich eine Stunde allein mit ihm unterhalten —

Kanzler. Pah! Kenn' ich den Herrn nicht schon so viele Jahre? Ruhig! der Kerl muß für sein loses ehrenschänderisches Maul über mich, gezüchtiget werden! Ist er aus der Stadt, so fällt der Garnhandel uns allein zu. Wir gewinnen, ich will wenig sagen — netto 2000 Thaler jährlich.

Sekretär. Ja wol!

Kanzler. Also angefragt! Kann er nicht zalen — heute noch via facti fortgeschritten — versiegelt — und fort von Haus und Hof! Der Kerl hat mich manchmal geärgert, daß mir die Lippen blau geworden sind! — Nur vergessen Sie nicht, dem alten Onkel nachzuspüren.

Sekretär. Man will heute Morgen einen alten Mann hier gesehen haben, der ihm ähnlich ist —

Kanzler. Um Gottes willen —

Sekretär. Verlassen Sie Sich auf mich!

Vierter Aufzug.

Vorige. Jakob.

Jakob. Der Bediente aus dem Klubb — Man fragt an: ob Sie Sich zu unterschreiben belieben?

Sekretär. Unterschreiben? Wozu?

Kanzler. Was ists denn? — hm — br — hm — br — zu dem prächtigen Thurmbau an der St. Georgenkirche — werden ersucht — hm — hm (steht einen Augenblick in Nachdenken.)

Sekretär. Wollen Sie Sich unterzeichnen?

Kanzler. (mit den Händen gegen die Brust.) Allerdings! (mit Salbung.) Zur Verherrlichung Gottes und seines göttlichen Namens. — Ich gebe 5 Pistolen.

Sekretär. Ich zwei.

Kanzler. (zält auf den Tisch.) Da!

Sekretär. Hier.

Jakob. (nimmts, will ab.)

Kanzler. He, Jakob, he!

Jakob. Was befehlen Sie?

Kanzler. Schreibt doch meinen und des Herrn Sekretärs Namen hinzu.

Jakob. Sehr wol. (ab. Kommt wieder.)

Kanzler. (nachrufend.) Jeden a part! (zum Sekretär.) Wenn das Volk ausgerottet ist, so paßt uns Niemand mehr so auf.

Sekretär. Dem ältesten Brook trau ich auch nicht viel.

Kanzler. Kömmt Zeit, kömmt Rath! — Dem jüngsten Brook haben Sie's doch auf die Seele gebunden, gegen Drave von allem, was vorgeht, sich nichts merken zu lassen?

Sekretär. Alles richtig und wol besorgt!

Kanzler. Macht es viel Lärm, — oder kommen hohe Interzessionen — ie nu — so wirft man ihnen einmal ein Paar Thaler Pension aus.

Sekretär. Auch wahr!

Kanzler. Aber über den Hals wird es dem Lumpengesindel kommen, wie ein Donnerwetter in der Nacht. Hahaha!

Jakob. (kommt.) Der Wagen wartet.

Kanzler. Zur alten Frau von Tiefenthal.

Jakob. Sehr wol. (ab.)

Sekretär. Zur alten Frau von Tiefenthal? — sind Briefe von ihrem Sohn, dem Gesandten da?

Kanzler. Nein — Ha! Ist heute Betstunde bei ihr. (ab.)

Sekretär. Aha! so! so! (ab.)

Fünfter Auftritt.

Zimmer aus dem ersten Auftritt bei Drave.

Drave und Philipp Brook kommen im Gespräch herein.

Drave. Nein, lieber Brook, Vorzug findet nicht statt. Ich bin bei aller Liebe nicht blind für Sie. Ihr Bruder weiß recht wol, daß ich Ihr Einschliessen, Ihre Unthätigkeit hasse. — Und ich sage Ihnen, lieber wollte ich einen andern Fehler an Ihnen sehen, als Unthätigkeit.

Philipp. Halten Sie mich für so unthätig?

Drave. Sie haben Eindruck auf die Menschen gemacht, unter denen Sie leben. Man hat Erwartungen von Ihnen; das gemeine Beste hat Rechte auf Sie. Diese Dinge bestimmen Ihren Beruf; den ehrenvollsten, den ich kenne. — Sich wochenlang in des Großvaters Bibliothek begraben, und über Varianten ängsten — heißt nicht, ihn erfüllen.

Philipp. Wie gern wollte ich Ihren Wünschen entsprechen, wenn nur —

Drave. Glauben Sie mir, es ist leichter, über die Verderbtheit der Menschen zu klagen, als zu ihrer Besserung thätig seyn. Man macht gute Menschen, wenn man ihr Gutes sucht, und sie aufmerksam darauf macht. — Der finstere Späher nach Argem zeugt Bösewichter. Wer immer prüft, genießt nie!

Philipp. Soll ich zu dem Gemälde gesessen haben, so malen Sie mit harten Farben!

Drave. Keineswegs! Nur ein Jahr älter etwa!

Philipp. Auch wenn —

Drave. Worin unterscheiden sich meine Gefüle über Sie Beide? Ihr Bruder kränkt mich — Sie bekümmern mich. Ihr Bruder lacht aller ernstlichen Pflichten, spottet aller Wärme des Staatsbürgers für das anverwandte Ganze; und eine edle Blume verblühet ungenuzt. — Ihre Kräfte schlummern für ein Ideal, für die Geburt Ihres Eigensinns. Sie thun nichts, weil Sie nichts Ausgezeichnetes thun können; oder was Sie thun, hat einen Zuschnitt auf Verhältnisse, die hier entweder gar nicht, oder nur im Kleinen da sind. Unselige Ausschweifung an den beiden äußersten Enden! sie ist dem Vaterlande und der Menschheit so schädlich, als Bosheit und Vorurtheil. — Thörichte Mode unsrer Zeiten, veredelt durch das erlogene Motto — philosophischer Sinn — du machst uns arm an nüzlichen Bürgern, um uns an ungeselligen Menschen zu bereichern. So manches Vaters blühende Hoffnung hast du vernichtet; du nimmst auch mir die Freude meines Alters!

Philipp. (mit einer hastigen Wendung.) So gewiß ich meinen Onkel herzlich liebe, so gewiß er unschuldig und unaussprechlich leidet, so wahr mich Menschheit und die Bande des Bluts auffordern, etwas zu thun, was meine Mitbürger aus dem Gewohnheitsschlaf wecken, sie eifriger auf ihre Rechte machen soll — so wahr soll das, was Sie iezt Unthätigkeit nennen — meinem Vaterlande bald heilsam seyn!

Drave. (mit Wärme.) Ja, wenn Sie darum —

Philipp. Darum, und nur in dieser einzigen Rücksicht konnte ich den Anschein der Unthätigkeit ertragen! Ich habe Hülfsmittel in meinem Vorhaben — das — nichts geringers ist, als meinen Onkel wieder in seine Rechte zu sezzen, und das Ungeheuer in seinem eignen Gift zu ersticken. Ich sammle schon lange an Beweisen gegen ihn, ich habe den Minister schon vorläufig benachrichtigt, ich habe Schuz und Gerechtigkeit zu hoffen, wenn meine Beweise unwiderlegbar sind — den sprechendsten erwarte ich noch.

Drave. Der ist?

Philipp. Mein Onkel selbst. Ich habe seine Flucht von dem Kommendanten erkauft. Ich schickte Leute in die Gegend; sie haben ihn aber verfehlt. Er ist fort — ich weiß nicht, wohin? Der Kanzler läßt ihn suchen — Ich auch — Ist er da, dann spreng' ich die Mine. Daher die Verzögerung!

Drave. Unbegreiflich ist die Schwäche, womit der Fürst — der sonst ein guter Mann ist — diesem schändlichen Geschöpf seine Unterthanen Preiß giebt.

Philipp. Uebelverstandne Dankbarkeit — wegen des grossen Prozesses, den er dem Hofe gewann — nun Gewohnheit.

Sechster Auftritt.

Vorige. Ludwig Brook.

Drave. Ach sieh da! Hier kommt Jemand, mit dem Sie zu sprechen haben. (Er geht an die Thüre, kehrt um, und tritt zwischen Beide, mit Rürung.) Der Segen Eures Vaters war: — Seid einig! (ab.)

Ludwig. (etwas verlegen.) Ich bin erfreut — fürwahr recht angenehm überrascht! —

Philipp. Bist Du? — (sanft.) Angenehm? — Bist Du wirklich?

Ludwig. (mit angenommenem Interesse.) Ohne Frage! Es ist lange her, daß wir uns nicht sahen.

Philipp. (mit einem Seufzer.) Fürwahr!

Ludwig. (leicht.) Die mancherlei Hindernisse — man ist doch ganz aus seinem Gleise, wenn man von der Universität kommt! — Hernach hat man so viele Bekanntschaften zu machen —

Philipp. Daß man die älteste darüber vergessen muß?

Ludwig. O, ich habe niemals —

Philipp. Denn leider darf ich nicht sagen: die herzlichste!

Ludwig. — Warum nicht?

Philipp. (nach einer bedeutenden Pause.) Leben wir als Brüder?

Ludwig. Wenn nicht Alles unter Uns ist, wie es seyn sollte — so bist Du wahrlich Schuld daran! — Deine Forderungen sind zu groß.

Philipp. Meine Forderungen? Brüderliche Liebe? Dein Glück? — Ist das so viel gefordert?

Ludwig. (sehr verlegen.) Ja, wenn Du —

Philipp. Oder wird es Dir so schwer, den Drang meines Herzens auf diese Forderungen zu!ertragen? — Man veranstaltet Zusammenkünfte unter uns? — es ist weit gekommen! — Und diese? — (äusserst zärtlich.) wird sie meinem Herzen einen guten Tag gewähren?

Ludwig. (höflich.) O ich — was mich betrift —

Philipp. —. Ludwig, ich habe Dich herzlich gefragt, und auf Deinem Gesicht ist nicht ein Zug von Herzlichkeit — nicht ein gutes Gefül hast Du für mich, das mir eine willige Versicherung gewährte.

Ludwig. Das ist übertrieben! — Ich bin im Gegentheil herzlich geneigt zur Versönung.

Philipp. So? — Ich dachte nicht, daß wir so stünden!

Ludwig. Wie nimmst Du nun das wieder auf?

Philipp. Auf Heftigkeit war ich gefaßt. Vorwürfe erwartete ich wol, aber Kälte? — Kälte thut mir weh! — wol! argwohne von mir — verkenne mich — kränke mich — mein Herz ändert sich nicht! Wir sind Brüder — Du hast das vergessen — Aussönung kann unter uns nicht statt finden!

Ludwig. Ich will damit nicht sagen —

Philipp. Es war der Segen unsres Vaters über uns: Seid einig!

Ludwig. (ungeduldig.) Mein Gott, das sind wir ja auch!

Philipp. (tritt einige Schritte zurück, geht die Länge des Zimmers herab, dann wendet er sich mit Wärme zu Ludw.) Entfernung kann Deinen Freund kälten, Eigennuz ihn verscheuchen; Weiberliebe weicht Schicksalen — Deinen Bruder raubt Dir kein Unglück! — Kömmt einst der Augenblick, wo Du den Glauben an Menschen verlierst — fast ieder Mensch hat in seinem Leben einen solchen Augenblick! — nur dann vergiß mich nicht! wirf Deine Bürde getrost auf mich hin! Das Herz, das Du iezt von Dir stößest, ist offen und brüderlich für Dich, bis es nicht mehr schlägt! (ab.)

Siebenter Auftritt.

Ludwig Brook.

Fort geht er — und läßt mich da stehen — als wär' ich der gröseste Sünder an ihm! — Sah man aber ie an einem Bösewicht dergleichen dreiste Stirn? — Sanftmuth im Gesicht, Moral auf den Lippen, und schwarzen Groll im Herzen! Hat seine Beredsamkeit mich über den Hausen geworsen — was sollen erst andre denken? Brüderliche Liebe und Empfindung! und Empfindung und brüderliche Liebe! — und komplotirt mit der frommen Rotte frisch zu, auf mein Verderben! Mußt ich dulden bis hieher? Nun ists aus! Habt Ihr vorhin Aergerniß an mir genommen? nun sollt ihr es finden! Euch soll vergolten werden; ich bürge Euch dafür!

Achter Auftritt.

Voriger. Lisette.

Lisette. Ach ie — lieber Herr Brook, sind Sie's? wußt' ich doch nicht — konnte ich doch gar nicht glauben — meinen Augen gar nicht trauen —

Ludwig. Was nicht? — was wußte Lisette nicht? — was konnte Sie Ihren schönen Augen nicht trauen?

Lisette. Sie hier? wirklich selbst hier?

Ludwig. Nun! da ich es nun bin?

Lisette. Ist mirs von Herzen lieb, daß wir nicht von Ihnen vergessen sind! (will gehen)

Ludwig. Wohin, so eilig?

Lisette. Ich wollte sehen, ob Herr Drave hier wäre. Aus dem Rosenschen Komptoir ist schon dreimal nach ihm geschickt. Herr Rose war sogar selbst schon da. Ist Herr Drave also noch nicht hier gewesen?

Ludwig. Vorhin, Ja.

Lisette. Nun, so will ich geschwind —

Ludwig. Was?

Lisette. Sehen, wo er ist.

Ludwig. Mögen die Alten einander selbst suchen! genug, daß wir einander gefunden haben.

Lisette. Sie wissen doch immer was Verbindliches zu sagen, und ist Ihnen doch niemals Ernst.

Neunter Auftritt.

Vorige. Auguste. (tritt ein.)

Ludwig. Nicht Ernst, Kleine? (er küßt sie.)

Lisette. Herr Brook! ei Herr Brook! (sie dreht ihn nach Augusten hin, und geht mit einer drollichten Verbeugung ab.)

Ludwig. Ah — sieh da, meine schöne Auguste! (er küßt ihr die Hand.)

Auguste. (leicht hin.) Diesmal bin ich Ihnen eine unwillkommene Erscheinung!

Ludwig. Unwillkommen? — Die Erscheinung, nach der ich seufze?

Auguste. Indeß —

Ludwig. Hm! — die Opfer im Vorhof des Tempels der Liebe.

Auguste. (schnell einfallend.) Sie waren lange nicht hier.

Ludwig. Seit — 5 Tagen nicht. Glücklich für mich, wenn Ihnen das lange dünkt!

Auguste. (verlegen.) Ich habe indeß meine Arbeit auch wieder vorgesucht, (sie nimmt die Papiere von der Stickerei.) und bin wirklich weit gekommen.

Ludwig. Ah! herrlich! vortreflich! — Meine Zeichnung darf ich gar nicht gegen Ihre Stickerei sehen lassen. — Schön! göttlich! — wie Alles, was Sie machen.

Auguste. Zuviel Lob ist scharfer Tadel, Herr Brook! (sie legt die Papiere wieder auf die Arbeit.)

Ludwig. Zu viel Lob? (er nimmt die Papiere wieder weg.) Da — sehen Sie diese Schattirungen — wie allerliebst! — hier die grünen Knospen — sie leben! — und die Leichtigkeit, womit Alles gemacht ist — O es ist die vollkommenste Täuschung! Natur selbst!

Auguste. Da schiene ich Ihnen also die Wiederholung Ihres Kompliments abgenöthigt zu haben.

Ludwig. Kompliment nennen Sie's, wenn ich nur die grade Wahrheit sage?

Auguste. Wahrheit? — Ihre Wahrheitsliebe bei dem Frauenzimmer — ist nicht Ihre glänzendste Eigenschaft.

Ludwig. Wie?

Auguste. Ueberhaupt nicht die glänzendste Eigenschaft der Männer!

Ludwig. Leidiges Vorurtheil gegen unser Geschlecht — (ironisch.) wovon Sie mich, hoffe ich, ausnehmen werden?

Auguste. (fixirend.) Sollte ich dürfen?

Ludwig. Gewiß! — O ich bin —

Auguste. Ja nun ja, die Aufrichtigkeit, die Beständigkeit selbst —

Ludwig. Hm! — Ja, das bin ich.

Auguste. Und vorhin — (auf die Thür zeigend, wo Lisette abging.) das war so eine von den Proben Ihrer gewissenhaften Treue.

Ludwig. (lachend.) Aber Sie sind auch —

Auguste. Zum guten Glück war ich nur gegenwärtig. Aber wie meinen Sie, wenn das Mädchen Ihres Herzens das gesehen hätte?

Ludwig. (schmeichelnd.) Sie würde mich entschuldigen.

Auguste. Aber wenn sie nun ernstlich liebt? —

Ludwig. Um so mehr wird sie eine unbedeutende Nüance übersehen.

Auguste. (mit Antheil.) Ihr Leichtsinn müste ihr doch Kummer machen — denke ich —

Ludwig. Hahaha! — so wäre es eine wahre Liebe von ehedem!

Auguste. (betroffen.) Von ehedem?

Ludwig. Ja wol.

Auguste. Wie meinen Sie das?

Ludw. Ich meine — (einen ernsthaften Ton affektirend.) eine Liebe, wie es iezt gar keine mehr gibt. Eine aufrichtige, herzliche Liebe.

Auguste. Haben Sie Grund zu glauben, daß es keine solche Liebe mehr gibt?

Ludwig. Nur zu viel!

Auguste. Sie glauben vielleicht, daß man Sie hintergangen hat?

Ludwig. Unzählichemal that man das, und wird nicht unterlassen, es wieder zu thun.

Auguste. (ahndend.) Das ist schlimm!

Ludwig. Bei meiner ersten Liebe — O, und ich war damals rasend verliebt! — verliebt, wie ich es nachher nie wieder geworden bin — Bei dieser ersten Liebe diente ich, zum Lohn der schmerzlichsten Aufopferungen, meiner Göttin zum Prunk. Ich seufzte, schmachtete, verzweifelte; sah woran ich war, und ward geheilt

geheilt für immer — dachte ich! — und glaubte doch noch einmal einer Andern. — Nun, und? siehe da — ich diente der theuren Dame zu weiter nichts, als das Phlegma des Begünstigten zu reizen.

Auguste. Wer weiß, ob —

Ludwig. (schnell und steigend.) Ein andermal fand ein holder Engel für gut, zu jeder Partie auf meinen Arm zu rechnen; da war ich wieder — doch ich werde Ihnen langweilig, wenn ich alle die Fälle erzäle, wo meine ernsthafte Liebe dem schönen Geschlecht zur Puppe diente.

Auguste. (seufzt.)

Ludwig. Ja wahrlich, zur Puppe diente sie ihnen: sie haben sie angekleidet, gepuzt, weggeschlossen, geändert, weggeworfen, vertauscht — alles, wie es ihnen gefiel.

Auguste. Ich bedaure Sie, wenn es so ist!

Ludwig. O fürwahr! Ich bin sogar des artigen Spiels halber einmal am hizigen Fieber tödtlich krank geworden. (ernsthaft.) Aber da war es auch aus! — (frölich.) Seitdem —

Auguste. Uebten Sie das Vergeltungsrecht? —

Ludwig. (lachend.) Je nun —

Auguste. Sie denken wol nie daran, wie manches guten Mädchens Ruhe Sie auf immer gestört haben?

Ludwig. Hm — das ist nicht der Fall — denn —

Auguste. Wie manche Unglückliche Sie gemacht haben?

Ludwig. Gewiß nicht Eine! — (mit Gutmütigkeit.) Einmal halte ich mich — so wie ich da bin — nicht für den Burschen, der einem Mädchen gefallen kann, das in süßer Schwärmerei fortzuleben denkt. Ich tauge dazu nicht! Die Sprache der Betheurungen kennen ja die Mädchen von der Puppe an, und Schönheitsversicherungen sind nicht Liebeserklärungen.

Auguste. Ach Gott!

Ludwig. Ein edles Mädchen kennt diese Dinge nach ihrem Werth, und wird sicher nie ein Opfer davon. Und die Andern haben keine Herzen! — der Fleck ist verdorrt, und widerwärtige Früchte blühen unter dieser heißen Zone. — Die Reue über verschwendetes Vertrauen; die Versuche, den Verräter mit Kälte zu strafen; Versuche, die von den glühenden Wangen, den feurigen Augen vernichtet werden, in der rasendsten Wuth, das Gefühl ihrer Schwäche — und dann bei dem mindesten Entgegenkommen volle Verzeihung für den geliebten Bösewicht — O das sind herrliche

Gefühle, die der arme Mißhandelte zur Vergeltung haben darf, wo er kann!

Auguste. Wie mag es dem armen Mädchen gehen, die nun grade ernstlich liebt?

Ludwig. Ernstlich? — Hm!

Auguste. Nur Einen liebt — Keinen Andern lieben kann, wenn sie betrogen wird.

Ludwig. Die Liebe stirbt nur mit den Liebenden, nicht mit geänderten Verhältnissen. Man kann genötigt seyn, sich zur Verbesserung seiner Umstände, nicht nach Neigung zu verbinden — das Alles ist möglich! Aber was liegt daran? — Ehe? Heirat? — Mein Gott, was geht ein solcher ökonomischer Kontrakt die Liebe, die ächte Liebe an? Diese bleibt in allen Verhältnissen sich gleich, schwindet nicht, mindert sich nicht — (schmachtend.) bleibt treu bis in den Tod! — Aber was ist Ihnen?

Auguste. (sich gewaltsam aufrecht haltend.) O nichts von Bedeutung.

Ludwig. Aber —

Auguste. Sie erneuerten in mir eine Erinnerung an — eine meiner Freundinnen, die auch so hintergangen ward, und nun —

Ludwig. Nun? —

Auguste. — Gränzenlos unglücklich ist! (ab.)

Ludwig. Hol mich der Teufel, so herzlich hat mich noch keine geliebt! liebt mich keine wieder! — wenn ich an meine liebe Zukünftige denke, so möcht' ich ihr nachlaufen — Aber Freiheit! goldne Freiheit! — Nein, ich darf nicht!

Zehnter Auftritt.

Ludwig Brook. Drave.

Drave. Guten Tag, Herr Brook.

Ludwig. Ah!

Drave. Ich habe Sie heute zweimal vergebens gesucht.

Ludwig. So bedaure ich, daß —

Drave. Wie haben Sie Sich denn einmal wieder hieher verlaufen?

Ludwig. Als ob ich so selten käme!

Drave. Zu mir wenigstens sehr selten!

Ludwig. Ihre ernstlichen Geschäfte — da Sie doch einmal so gütig sind, mich vermissen zu wollen — Ihre ernstlichen Geschäfte fürchte ich zu unterbrechen.

Drave. Geschäfte? die müsten von seltener Wichtigkeit seyn, wenn sie mir keine Zeit für meinen Mündel übrig ließen!

Ludwig. Gar zu gütig! aber dann doch —

Drave. Indeß Sie gebrauchten das Wort „ernstlich" — Freilich wol — ich bin Ihnen zu ernstlich. Es thut mir leid genug, daß ichs Ihrenthalben oft seyn muß. Denn, Gott sei Dank! — ich könnte meiner Schicksale halber froh und heiter seyn. Aber Sie machen mir Sorgen. Ich war von ieher für anvertrautes Gut besorgter, als für eignes.

Ludwig. (mit Zwang.) Sie sind immer sehr gütig mit mir umgegangen — davon bin ich lebhaft überzeugt —

Drave. — Das ist nicht wahr.

Ludwig. Wie?

Drave. Davon sind Sie nicht überzeugt.

Ludwig. Seyn Sie versichert, daß —

Drave. Zwingen Sie Sich nicht zu Höflichkeitsbezeigungen; ich verlange das nicht. Sie können das, was ich für Sie thue, nicht übersehen; nicht wissen, warum ich es thue; also mich nicht schäzen, wie ich es thue. Es thut mir leid, oft weh! aber ich bin Ihnen deshalb nicht feind. Sie kennen die Welt nicht — gute Anlage, aber gemißbraucht von bösen Gesellschaften; übel geordnete Lektüre, und Forderung auf Grundsäze, die Niemanden wohl thun, selten anpassen — das ist Ihr

Unglück! — Sie sehen, ich halte Sie nicht für böse; Aber darauf muß ich doch dringen, daß Sie diese Dinge ablegen, und ein fester, geordneter Mann werden.

Ludwig. Freilich wol.

Drave. Was bewegt Sie nur dazu, sich vor mir zu verbergen? Ueber Jugendfehler, wenn sie nicht ausarten, schmähe ich nicht. Schwachheiten kann ich übersehen — Aber Verstellung — das ist wahr, die kann ich nicht leiden, die —

Ludwig. Ich hoffe nicht, daß Sie glauben, Sie wären mit mir in diesem Falle?

Drave. Hm!

Ludwig. Wie?

Drave. Ueberzeugen Sie mich, daß es nicht so ist; Sie leisten mir einen Dienst.

Ludwig. Wie kann ich das, da ich das Unglück habe, allezeit von Ihnen gemißdeutet zu werden?

Drave. (warm.) Ueberzeugen Sie mich, daß Sie es mit mir und meinem Hause redlich meinen.

Ludwig. Bei Gott —

Drave. Keine Betheurung — Ueberzeugung! — Ich sollte heute schärfer prüfen, als je — und es ist möglich, daß ich Ihnen doch leichter glaube — weil ich Ihnen so gern glauben möchte.

Ludwig. Mich dünkt, schon dadurch, daß ich Ihnen alle meine Verlegenheiten entdeckte, hätt' ich nicht gemeines Zutrauen bewiesen.

Drave. Das ist etwas, das würde ich gelten lassen, aber —

Ludwig. Aber?

Drave. Sie wollten Geld von mir haben, das entkräftet Alles. — Junger Mann — weinen möchte ich über Sie! Solche Anlagen — und Sie benutzen sie nicht —

Ludwig. Manches Gute entwickelt sich nur mit der Zeit, und wird durch Erfahrung bestätigt.

Drave. Das ist noch meine einzige Hoffnung: theure Erfahrung werde es Ihnen bald deutlich zeigen, Ihr Weg sei der rechte nicht! Aber es ist Zeit! Sie sind in den Jahren, worin Sie auf eine Laufbahn denken müssen.

Ludwig. Da kommen Sie auf den Punkt, um dessentwillen ich hier bin. Ich fühle mich mehr als ie gedrungen, aus dieser Unbestimmtheit herauszugehen —

Drave. Wohl Ihnen!

Ludwig. Mich um ein Amt zu bewerben!

Drave. Endlich einmal! Ich bin deßhalb mit Ihrem Bruder so wenig zufrieden, als bisher mit Ihnen.

— Nun das freut mich! Es kann Ihnen nicht fehlen — denn wahrlich, Ihrem Kopfe mangelt das nicht, was — so — hier und da — Ihrem Herzen abzugehen scheint.

Ludwig. Ich denke das um so mehr zu betreiben, da ich —

Drave. Nun?

Ludwig. Seit geraumer Zeit —

Drave. Was?

Ludwig. Ich will mich Ihnen anvertrauen; aber wenn Sie jezt hart seyn wollen, so treiben Sie mich aufs äusserste!

Drave. (gutmütig.) Nun so reden Sie denn nur erst.

Ludwig. (schmeichelnd.) Mehr als Vormund — Sie müssen izt ganz Vater seyn wollen, um mich glücklich zu machen. Ich — ich liebe — und nur die Verbindung mit diesem reizenden Mädchen kann mir alle Seligkeit gewähren.

Drave. Brook! — (nach einem Innehalten.) Brook! — (gerührt.) Lieben Sie denn das Mädchen wahrhaft?

Ludwig. (mit Deklamazion.) Ohne Schwärmerei, aber um so redlicher!

Drave. (feierlich.) Wahrhaftig?

Ludwig. (wie vorher.) Wahrhaftig!

Drave. — Wenn es so wäre!

Ludwig. Warum zweifeln Sie?

Drave. Brook! — ich war nur selten auf einer Hochzeit, wo mir nicht der Gedanke einfiel; „du hilfst einen Tag des Unglücks feierlich begehen!" — Brook! Brook! es ist etwas schreckliches, unglücklich verheiratet zu seyn!

Ludwig. Das habe ich reiflich überlegt.

Drave. Die Hülfsmittel gegen dieses Uebel sind in ihren Folgen oft noch schrecklicher, als das Uebel selbst!

Ludwig. Das ist nur zu wahr! Warum aber halten Sie diese Schrecken dem vor, der wol gewält hat?

Drave. Warum? — O möchte ich doch den ganzen Jammer mißrathener Ehen, die Verzweiflung der alten getäuschten Eltern, — schändliche Ausschweifung beider Theile, das Unglück der Kinder, die unter Haß und Tränen aufwachsen, sich nach schändlichem Beispiele bilden, für die edelsten Gefüle das Herz verschlossen haben — O! könnt' ich das Alles lebendig malen, Ihnen so vorhalten, daß Ihr leisester Zweifel zur unüberwindlichsten Hinderniß würde — ehe Sie Sich unglücklich machen; und das elende Geschöpf —

Ludwig. Sie machen Sich unnötige Sorgen. Die Liebe — sie, die schon so unendlich grössere Dinge bewirkte — hat auch mir Gesinnungen gegeben, die mein Glück machen müssen.

Drave. Hat sie? — O sagen Sie mir, hat das Mädchen Ihre Aenderung bewirkt?

Ludwig. Völlig!

Drave. (umarmt ihn.) Gott sei Dank! — so seid Ihr Beide glücklich!

Ludwig. Daher bin ich nun gekommen, Sie feierlich um Ihre Einwilligung zu bitten.

Drave. Ja? wirklich? — Aber warum sprachen Sie denn nicht früher?

Ludwig. In der Ungewißheit — der Verwirrung meiner Angelegenheiten —

Drave. (im Tone des sanftern Vorwurfs.) Und wie konnten Sie die Fürsprache des Kanzlers bei mir gebrauchen wollen?

Ludwig. Ich wollte sie nicht. — Er hat mir sie beinahe aufgedrungen.

Drave. Aha? — Nun ja — ich weiß schon! das hat nun izt nichts mehr auf sich.

Ludwig. Ich habe also Ihre Einwilligung?

Drave. (mit einigem Kampfe.) — Ja! — aber mit Tränen bitte ich Sie — geben Sie nicht den Eingebungen Ihres Leichtsinns, geben Sie der bessern Ueberzeugung Gehör!

Ludwig. Gewiß! Sie werden Ihre Freude an mir haben. — Jede Ausschweifung wird sich in Ordnung verkehren.

Drave. Habe ichs doch immer gesagt, Ihre Anlagen sind gut, wenn nur erst der Augenblick käme, wo sie erwachten. Gott sei Dank, er ist gekommen! Ich habe Ihrem Vater in seine kalte todte Hand gelobt, ich wollte für Ihr Glück wachen — und kann nun selbst dazu beitragen!

Ludwig. Auch bahne ich mir durch diese Heirat den sichern Weg zu dem ansehnlichsten Amte —

Drave. Durch diese Heirat nun wol eben nicht; aber es kann —

Ludwig. Gewiß durch diese Heirat! Wissen Sie Jemand, der mehrern Einfluß hätte, als der Kanzler?

Drave. Ja — der wird sich nun Ihrer Lage wol nicht mehr annehmen.

Ludwig. Ei — iezt mehr, als iemals.

Drave. Wie so — iezt?

Ludwig. Da ich nun seine Tochter heirate, ...

Drave. Was sagen Sie?

Ludwig. Ich meine — da ich nun seine Tochter heirate.

Drave. Wen heiraten Sie?

Ludwig. Des Kanzlers Tochter.

Drave. Nein! — die heiraten Sie nicht!

Ludwig. Wie? warum nicht?

Drave. Nein — beim Teufel! die heiraten Sie nicht!

Ludwig. Unbegreiflich! — Sie gaben ia Ihre Einwilligung.

Drave. Ich nehme sie zurück.

Ludwig. (kalt.) Höchst sonderbar! Warum gaben Sie mir sie denn?

Drave. (kurz.) Weil ich Sie mißverstand.

Ludwig. So? — Ei, wie fein! — Sie machten mich also erst sicher —

Drave. (an sich haltend.) Seyn Sie so gut und lassen Sie mich allein!

Ludwig. (steigend.) So recht treuherzig —

Drave. Lassen Sie mich allein. Ich bitte Sie!

Ludwig. Um mich dann desto bequemer auszulocken!

Drave. Gehen Sie — ich bitte Sie um Gottes willen!

Ludwig. Ein edles Stück Arbeit von dem Manne, der mir immer seine Offenheit vorspiegelt.

Drave. Herr! Ich rate Ihnen —

Ludwig. Seine Redlichkeit zum Müster aushängt, und dann doch, seiner Frömmigkeit zum Possen, Dinge thut —

Drave. Mensch! Mensch!

Ludwig. Dinge, deren sich keiner von uns Sündern schämen dürfte! daß Sies wissen, Herr! schon lange traute ich dieser religiösen Larve nicht mehr; schon lange war ich dieses Knabenzwanges, der mich saft- und kraftlos preßte, überdrüßig. Noch drittehalb Jahre haben wir mit einander zu schaffen — es steht bei Ihnen, Sich gleich ietzt der Last zu erleichtern. Wollen Sie? — Gut, so danke ich Ihnen hiermit für gehabte Mühe!

Drave. Undankbarer, abscheulicher Bube! — O mein Kind! — Ich armer Vater!

Ludwig. Nun? was toben Sie denn?

Drave. Daß Du lebst, Natter! daß das Mädchen Dich sah — daß Du da vor mir stehst! — Geh! ich beschwöre Dich, geh fort!

Ludwig. So? — hatten Sie vielleicht Ihre anderweitigen Absichten mit mir?

Drave. Teufel! — Ja — ich hatte sie! — Mein Kind wollte ich an Dich verschwenden — an Dich! Sie liebt Dich — geh, prale damit in der Stadt, hänge ihren Namen zur Schande aus — und meinen dazu!

Ludwig. Es thut mir von Herzen leid, daß —

Drave. Sags, daß ich sie Dir angetragen habe! — daß ich sie Dir angebettelt habe! — O ich kurzsichtiger Thor! meine unglückliche Auguste! fort, aus meinem Hause! — aus meinem Gesicht fort! — Deine verfluchte Liebeleien könnten Dir sonst theuer zu stehen kommen!

Ludwig. (schnell.) Uebrigens versichere ich Sie, ich denke mit der grösten Achtung von Mamsell Augusten! aber daß sie —

Drave. (in einem Uebergang.) Das Mädchen ist tugendhaft, und bedarf das Zeugniß eines — Deines Zeugnisses nicht!

Ludwig. Ich versichere Ihnen —

Drave. Ich will keine Versicherung — aber ich will, Du sollst gar nicht von ihr sprechen. Gar nicht! auch nichts Gutes! — Hörst Du, versprich mir das feierlich — heilig!

Ludwig. Ich —

Drave. Still! Es ist gleichviel! — Wenn Du meiner Tochter Ruf zu nahe trittst — ein Haar breit zu nahe trittst! — ich kenne Dich! — aber wo Du das thust — eine Kugel durch den Kopf! — (kleine Pause.) —— (er trocknet sich die Stirn. Einen Schritt zurück.) Die Sache ist abgethan — Gott befolen, Herr Brook!

Ludwig. (kalt.) Was also meine Verheiratung anbetrift —

Drave. Nachmittags werde ich Sie deshalb rufen lassen.

Ludwig. Wozu das? Ich habe ia Ihre Einwilligung.

Drave. Nachmittags werde ich Sie deshalb rufen lassen.

Ludwig. Ganz wol. (im Abgehen.)

Eilfter Auftritt.

Drave. So! — nun kann ich gemächlich mein Elend übersehen! (wirft sich in einen Stul.) Wie nun? — sind das meine Hofnungen? — wie soll ich Fassung finden, das zu ordnen?

Zwölfter Auftritt.

Kaufmann Rose. Voriger.

Rose. Verzeihen Sie, lieber Drave —

Drave. Lieber Freund — ich bin gewiß, es kränkte Sie, wenn Sie Zwang an mir bemerkten — daher geradezu! — Sie kommen mir iezt nicht gelegen.

Rose. Leider! Ich komme Ihnen nicht gelegen — und gäbe Alles darum, ich müßte nicht kommen. — Hören Sie mich —

Drave. Ich kann nicht — mein Herz ist zerrissen! — Ich kann nicht! —

Rose. (in großer Bewegung.) Freund in der Noth! — hören Sie mich Unglücklichen!

Drave. Wenn Ihr Unglück größer ist, als das meinige — so will ich Sie hören.

Rose. Sie kennen mich als einen wolhabenden reichen Mann?

Drave. Ja.

Rose. Ich bin es nicht mehr!

Drave. Was sagen Sie?

Rose. Zu Grunde gerichtet!

Drave. Nicht möglich!

Rose. Durch einen Amsterdammer Bankerot — ganz zu Grunde gerichtet!

Drave. Kann ich abwenden — unterstüzzen — aufhelfen, lieber Rose? — Sie sind Herr meines Wenigen.

Rose. (heftig.) Ach Gott! — Sie vergessen —

Drave. Was?

Rose. Das große Kapital Ihres Mündels steht in bei mir.

Drave. O mein Gott! —

Rose. Sie Unglücklicher haben Sich für mich verbürgt!

Drave. Meine Familie — mein Kind!

Rose. Ich habe Sie zu Grunde gerichtet!

Drave. (verzweifelnd) Beschimpft und zum Bettler!

Rose. Ich habe Sie gesucht und nicht getroffen — Ich habe Brooken gesucht und nicht getroffen! — Jezt ist Alles bei mir versiegelt. — (laut weinend.) Und ich habe Sie ruinirt!

Drave. (zerknirscht.) Gott, du beugst mich tief!

Rose. — Das halte ich nicht aus! (sezt sich bei Seite, sich das Gesicht bedeckend.)

Drave. Als ein bemittelter Mann stand ich auf — als Bettler lege ich mich wieder nieder!

Rose. (schluchzt laut.)

Drave. (mit Größe.) — Wie Gott will!

Rose. (kommt rasch auf ihn zu.) Ihr Schicksal ist hart! und doch — Gott weiß es — meines ist härter! — was ich habe — so wie ich hier vor Ihnen stehe — das ist mein Alles!

Drave. (sanft.) Auch mir wird nicht mehr übrig bleiben.

Rose. Meine unerzogenen Kinder sind ohne Brod!

Drave. Meine Tochter auch!

Rose. So weit sind wir gleich! — Aber Sie haben doch keine Familie ins Elend gebracht! — Sie sind ein Unglücklicher — ich heiße ein Betrüger! — Den Gedanken kann ich und kann ich nicht ertragen! — Hören Sie — große Noth — und die Rettung eines ehrlichen Mannes entschuldigen Alles! — Brook ist reich — verliere er die eine Hälfte — zalen Sie denn in Gottes Namen die andere. — Wir wollen die Bürgschaft läugnen.

Drave. Nein!

Rose. Ich will ja nichts! — Einen Stab in die Hand — und meines Gottes weite Welt ist mein Haus — nur verfolge mich Ihr Elend nicht bei jedem Wassertrunk! O thun Sie das!

Drave. Nimmermehr!

Rose. Ach Gott thun Sies! Der Kanzler ist gegen Sie — sonst wäre auch bei mir nicht so hastig versiegelt. — Ich weiß es aus sicherer Hand — eilen Sie.

Drave. Ich will nicht. Auch kann ich ia nicht. Ich bin straffällig, daß ich meines Mündels Geld ohne Wissen der Obervormundschaft ausgeliehen habe.

Rose. Aber lieber Gott, mein Haus schien ia so sicher, als die Landeskasse! Nein, unmöglich! man kann Sie nicht verdammen!

Drave. Man kann mir Alles nehmen; und ich bin gewiß, man wird mir auch Alles nehmen! — wenn es nur zureicht!

Rose. Ihre Verwünschungen müssen mich treffen!

Drave. Seyn Sie meinethalben ruhig! Ich kann arbeiten. — Kann ich nicht mehr — Gott befehle ich Weib und Kind! — mein leztes Haus muß mir doch werden!

Rose. Sie sollten mich verfluchen — und Sie lindern meinen Jammer! — Ach ich kann nicht von der Stelle — bei Ihnen ist mir am besten. Ich habe Hülfe gesucht bei meinen Freunden — und nicht einmal Trost gefunden — und meine Tochter — ach! meine Tochter —

Drave. Gehen Sie zu ihr — beschliessen Sie Ihre lezten Tage bei Ihrem Kinde.

Rose. O nein! O nein!

Drave. Warum nicht?

Rose. Ich ging zu ihr — meine Charlotte war immer mein liebstes Kind! — ich gab ihr eine fürstliche Aussteuer — Ach Sie wissen es! — Ein freundlicher Blick von ihr kann mir das Leben geben. Ich kam vom Kanzler — ich hatte viel gesprochen — der Schreck — die Angst — ich war heiß und es dürstete mich — ich warf mich in ihre Arme — Ach Lottchen! sagte ich — Lottchen, einen Trunk! — Gib mir einen Trunk! — Ich suchte Trost in ihren Armen — und sie warf mir meine liederliche Haushaltung vor —

Drave. Scheusal — Scheusal!

Rose. Sie ging. — Meine Enkel spielten an meiner Tasche, und forderten Geschenke von mir, wie sonst — und ich konnte ihnen nichts geben! Ein Bedienter brachte mir einen Trunk — und nahm die Kinder von mir weg —

Drave. Komm in meine Arme — gekränkter Mann! — meine Auguste verwirft Dich nicht! O, ich bin nicht arm! — ich bin reich — ich bin ein Prasser gegen Dich! — Meine Auguste soll Dich pflegen —

Was über uns verhängt ist, tragen wir gemeinschaftlich, theilen unsre Leiden — unsern Trost und die lezte Brodrinde.

Rose. — Alles hat mich verlassen — und der rettet mich, den ich verderbe! — Sie retten mich vom Selbstmorde —

Drave. Wie?

Rose. Ja vom Selbstmord. — Mein unmenschliches Kind hätte ihn zu verantworten gehabt — (Er will Draven die Hand küssen.)

Drave. Mein Vater!

Rose. — Mann! wenn einst Deine Augen brechen, so stärke Dich diese That! — Du hast viel Kranke erquickt — viel Tränen getrocknet — am großen Tage der Vergeltung hat auch diese That Dir eine Stäte bereitet! (ab.)

Drave. Fallen muß ich — das ist sicher! — nur will ich ordnen, wo ich kann — und vor Allem meine unglückliche Familie vorbereiten!

Dreyzehnter Auftritt.

Friedrich. Ein Gerichtsdiener brachte das, mein Herr —

Drave. (nehmend.) Ich würde meine Erklärung gleich einreichen.

(Friedrich ab.)

Vierzehnter Auftritt.

Drave. Hernach Friedrich.

Drave. — Hm! schnelle Justiz! das ist wahr! (ruft.) Friedrich!

Friedrich. (kommt.)

Drave. Ruf' Er meine Frau.

Friedrich. (ab.)

Drave. Ich habe heute viel verloren! — Vielleicht Alles! — Ich bin tief gebeugt — aber noch ist mein Muth nicht ganz gesunken. — Was mich am härtesten träfe — das steht mir noch bevor! Wenn ich mich geirrt hätte — (aufs Herz.) wenn Du verwundet würdest — wenn ich Weib und Kind nicht fände, wie ich sollte — O Gott, dann ende mit mir!

Funfzehnter Auftritt.

Madame Drave. Voriger.

Mad. Drave. Du hast mich rufen lassen?

Drave. Ja. Und Auguste? Wo bleibt Auguste?

Mad. Drave. Sie wird denken, ich komme — ich war auch unten. Friedrich ruft sie. — Der alte Rose war ja heute schon etlichemal da — hast Du ihn gesprochen?

Drave. Ja. — Gut, daß Du darauf kömmst! Höre — ich habe eine Unternehmung vor — eine wichtige Unternehmung — mein Vermögen reicht kaum dazu hin. Soll sie glücken — so muß ich beträchtliche Zusäze machen können. Meine Handlung verstattet mir kaum so schnellen Gewinn! — Ich muß mir daher durch große Einschränkungen ein ansehnliches Kapital sichern —

Mad. Drave. Von Herzen gern.

Drave. — Ja? — Ich habe mich bereits eingelassen — auf Dich und Augusten kömmt es an, ob ich mich nicht verrechnet haben soll.

Mad. Drave. Von unsrer Seite kannst Du auf Alles rechnen. Bestimme selbst, wie es Dir am besten scheint.

Drave. Ihr würdet Euch viel versagen müssen!

Mad. Drave. Wenn es Dir wichtig scheint, und Freude macht — immerhin!

Drave. Versprichst Du nicht zu viel?

Sechzehnter Auftritt.

Auguste auf Lisetten gestüzt. Die Vorigen.

Lisette. Einen Stuhl, Madam!

Drave. Mein Gott!
Mad. Drave. Was ist das? (sie bringen Augusten auf einen Stul.)

Lisette. Die Mamsell kam aus ihrer Stube und weinte. — Sie ging die Treppe hinauf — auf der Mitte wollte sie mich rufen, und ward beinahe ohnmächtig —

Auguste. (die mehr von heftiger Bewegung, als von Schwäche, zu reden verhindert war.) Ist das wahr, mein Vater? sagen Sie — ist das wahr?

Drave. Was? mein Kind!

Auguste. O, Sie wissen es, liebe Mutter! sagen Sie es mir!

Mad. Drave. Was hast Du denn?

Auguste. Treulos! — beschimpft! — und ich liebte ihn so herzlich!

Drave. (zu Lisetten.) Ist sie ausgewesen?

Lisette. Nein.

Auguste. O, es ist wahr!

Mad. Drave. Was denn?

Drave. (zu Lisetten heftig.) War Jemand bei ihr?

Lisette. Der Hofrath war da.

Auguste. Er verheiratet sich, liebe Mutter!

Drave. Weißt Du Dein Unglück schon?

Auguste. Und auch das Ende — den Tod!

Drave. Weißt Du es? — Ja, es ist wahr — Brook heiratet des Kanzlers Tochter — das Kaufmanns-mädchen wird ausgelacht — nun wisse auch meines — Der ehrliche Rose ist gestürzt — ich war für ihn Bürge — ich bin bankerot!

Mad. Drave. Ach Gott!

Auguste. Ach — und sie liebt ihn nicht! — sie liebt ihn nicht, wie ich —

Drave. Zahlen muß ich — und Alles, was ich habe, reicht kaum hin!

Auguste. Warum lehrte er mich Gefüle kennen, die mir fremd waren? warum schwur er mir unter frommen Betheurungen eine Liebe, die er nicht fülte!

Drave. Hat er Dir Liebe geschworen?

Auguste. Ach — unzälichemal!

Drave. So will ich den Meineid strafen, oder —

Auguste. Was wollen Sie thun?
Mad. Drave. Du wirst doch nicht —

Drave. Ich werde, Weiber! Ich werde!

Auguste. O mein Vater, auf mich lassen Sie alles Elend fallen! — lassen Sie mich im Jammer umkommen! — Zürnen Sie auf mich — nur nicht auf Ihn! nicht auf ihn!

Drave. Wie?

Auguste. Ach — ist er nicht unglücklich genug? — Lassen Sie ihn!

Drave. Gut, er lebe! werde auf Rosen getragen — spotte Deiner Einfalt — lache Deiner Bürgerliebe! — Die Stadt nenne Dich eine Verführte! — Geh hin in ihre Dienste — reiche ihnen die Teller — sei Zeuge ihrer Liebkosungen! — Der Vater — der Gebeugte — der Elende — Ich! mag mich in Jammer krümmen und Allmosen suchen vor ihrer Thüre! — Genug, Dein liebendes Herz ist befriedigt — Deinen Romanempfindungen ist Genüge geleistet! —

Mad. Drave. Hör' auf! schone ihres Zustandes!

Drave. Wer schonet meiner? wer gibt mir Trost?

Auguste. Kann ich Arme —
Drave. Die Stütze seiner Eltern seyn! — Das ist ein großer Gedanke — der redlichen Liebe stets gegenwärtig und heilig! — Vergißt Du über den Bösewicht Deinen ältesten Freund — schwärmst Du höher

für einen Schurken, als Du Deinen Vater liebst — so geh hin! — tändle im Mondenscheine — fantasire in Deiner süßen Romanenwelt — indeß Dein Vater trostlos bettelt!

(er geht ab.)

Ende des dritten Aufzugs.

Vierter Aufzug.

Wohnzimmer bei Drave.

Erster Auftritt.

Auguste. (beim Einpacken eines kleinen Kästchens beschäftigt. Friedrich bringt ihr unbedeutende Kleinigkeiten zum Frauenzimmeranzug. Madame Drave beschäftigt sich ebenfalls.)

(auf einem Tischchen, vorn an der Ecke der Büne steht eine leere und eine halbleere Weinflasche, mit einem Glase.)

Friedrich. Hier, Mamsell —

Auguste. Gut!

Friedrich. (ab.)

Mad. Drave. Da ist auch noch Wäsche.

Auguste. Geben Sie.

Mad. Drave. Ich weiß nicht, was ich thun soll! — Bald bin ich entschlossen, dem Fürsten unser Elend zu klagen — dann reuet es mich — in einem Augenblick hoffe ich — dann verzweifle ich an Allem. Unterdessen geht mein armer Mann zu Grunde, und ich thue nichts — weiß ihn nicht einmal zu trösten — Daß Brook so niederträchtig seyn konnte!

Auguste. (bedeckt das Gesicht.) Still davon, liebe Mutter!

Mad. Drave. Deinen Vater auf ein untreues Inventarium anzuklagen! — Das ist nie erhörte Schändlichkeit!

Auguste. Auch ohne das wären wir doch geplündert! — Man will uns vernichten! — wir sollen unglücklich seyn! wozu wäre es außerdem nötig, so schnell zu verfaren? — Ich halte es nicht aus! — Die Leute, die vorübergingen und die Gerichte kommen — versiegeln sahen — sammelten sich in Haufen. Einige bedauerten uns — Wer weiß, sagten einige und zuckten die Achseln — ich hätte meinem Vater durch meinen Puz ruinirt! — so sprachen die Meisten.

Mad. Drave. Ach Gott! und Dein Vater — ist so ruhig — leidet mit Größe! — Gibt Alles her — und man behandelt ihn mit solcher Härte — so hämisch — mit so erniedrigendem Mißtrauen! — wenn nur der Bösewicht nicht ins Haus kömmt — ich stehe für nichts! — zu seinem Bruder habe ich geschickt — Still! — mir war's, als hörte ich — Sie werden bald fertig seyn — sie kommen dann hieher — Sie sinds! —

Zweiter Aufzug.

Vorige. Drave. Ein Kommissår. Zwei Gerichtsdiener.

(Die Frauenzimmer treten zurük.)

Kommissår. (langsam und hart.) Was ist das für ein Zimmer?

Drave. Es ist mein Wohnzimmer.

Kommissår. Wie?

Drave. Mein Wohnzimmer!

Kommissår. — So? Nr. 14. (indem ers in sein Protokoll schreibt. Dann zu den Gerichtsdienern.) Nr. 14. Allons! angeschrieben!

(die Gerichtsdiener schreibens mit Kreide über die Thür.)

Kommissår. Keine Tapetenthür?

Drave. Nein.

Kommissår. Fall- oder sonstige Thür?

Drave. Nein.

Kommissår. Nichts von Effekten hier?

Drave. Wie Sie sehen!

Kommissår. Von Briefschaften?

Drave. Nein.

Kommissår. Aufgeschlossen!

Drave. (öfnet.) Hier.

Kommissär. (er trinkt, wühlt umher.)

Drave. Sachte, mein Herr! es sind Quittungen nach Jahrgängen!

Kommissär. Können's ia wieder zusammensuchen! — He? was ist das? — (zornig.) Rechnungsbücher? Wie?

Mad. Drave. Nur meine Haushaltungs-Ausgabebücher.

Kommissär. (drohend.) Gewiß?

Drave. Sie haben sie ia in Händen.

Kommißär. (zu den Gerichtsdienern.) Legts zu dem Uebrigen, und kommt wieder. (trinkt.)

(Gerichtsdiener gehen ab; kommen hernach wieder zurück.)

Drave. Sonst noch etwas hier?

Kommissär. Geduld! (sezt sich, fächelt sich mit Papieren, wischt sich die Stirn.) Wird ein recht heisser Tag heut! — gewaltig warm! — was ist denn das da für ein Kästchen?

Auguste. Unbedeutende Kleinigkeiten, mein Herr.

Kommissär. Aufgemacht!

Mad. Drave. Nur Frauenzimmeranzug, und die nötige Wäsche.

Kommissär. Umgestürzt, — daß man sieht, was dahinter steckt!

Drave. (losbrechend.) Herr!
Auguste. (winkt ihm.)
Mad. Drave. (tritt dazwischen.)
Kommissär. (steht auf.) Was beliebt?

Drave. (gemäßigt.) Muß das seyn?

Kommissär. (ohne ihn anzusehen, stürzt das Kästchen um.) Was soll der Florrand? — Hemden? — Je nun. — Aber aus dem übrigen Geschleppe kann noch was für die Massa gelöst werden. (er gibt diese Sachen an die Gerichtsdiener.) Den Schreibtisch fort! auf den Saal zu dem Uebrigen — Allons!

Drave. Einen Augenblick! — Vergönnen Sie mir ihn zu meinen Schreibereien und dem Verschlusse einiger —

Kommissär. Was Verschluß! — Mit dem Verschliessen haben Sie Sich wol in Zukunft nicht mehr viel abzugeben. — Es steht eine tannene servante oben, die bringt herunter! (die Gerichtsdiener tragen den Schreibtisch hinaus.) So! — (trinkt.) Auf Ihr Gewissen! — ist hier sonst nichts verborgen oder versteckt?

Drave. (mit Mühe an sich haltend.) Nein.

Kommissär. Daß ich, bei Leib und Leben, keine heimliche Tuschereien wahrnehme! — Kein Abseitsbringen! — Sonst kömmt Ihnen schweres Malheur über den Hals!

Drave.

Drave. (geht auf und nieder.)

Kommissär. Nun an die Sachen Ihrer Curanden! Wo sind denn die Vormundschaftspapiere?

Drave. Unten, im Kabinet an der roten Stube.

Kommissär. Ausgemacht! will sie in Empfang nehmen. — Daß es nur da flink hergeht! — Wenn da im Trüben gefischt ist — (im Gehen.) so soll Euch das Donnerwetter — (ab.)

(Drave folgt.)

Dritter Auftritt.

Mad. Drave. Auguste. Hernach Friedrich.

Mad. Drave. (ihnen nach. Ruft.) Friedrich!

Friedrich. (kömmt) Madam —

Mad. Drave. Tragt ihm seinen Wein nach, vielleicht tobt er weniger.

Friedrich. (zu Augusten.) Ich habe Alles so ausgerichtet, wie Sie sagten. — Er will kommen.

Auguste. Will er?

Mad. Drave. Wer?

Friedrich. Er wird wol bald hier seyn, denn er nahm gleich Hut und Degen. (mit dem Wein ab.)

Auguste. Ich habe den Hofrath bitten lassen, zu mir zu kommen.

Mad. Drave. Wie?

Auguste. Staunen Sie nicht. Ich will Alles versuchen, meinen Vater zu retten. Nur gehen Sie — seyn Sie nicht Zeuge von dieser Erniedrigung.

Mad. Drave. Aber das wird Deinen Vater —

Auguste. Ach, daß es nur glückte! Ich höre kommen. — Gehen Sie —

Mad. Drave. Laß das Unglück Dir Beredsamkeit geben! (ab.)

Vierter Auftritt.

Auguste. Hofrath Flessel.

Hofrath. (der erst nach einer Pause eintritt.) Sie haben befolen —

Auguste. (weich, aber nicht demütig.) Gebeten. — gebeten hat Sie eine Unglückliche.

Hofrath. Obgleich Ihr Herr Vater mich heute auf die unartigste Façon behandelt hat, so vergesse ich doch Alles — weil Sie mein Wiederkommen verlangen. — Nun, was steht zu Ihren Diensten, meine schöne Unglückliche?

Auguste. Sie haben mir oft gesagt, daß Sie mich liebten. Sie nehmen also Antheil an meinem Schicksal — es ist das unglücklichste von der Welt! — Handeln Sie Ihrer würdig — helfen Sie uns.

Hofrath. (im Ton des Geschäftsmannes.) Wenn das bei mir steht — so ist Ihnen geholfen.

Auguste. Der Sturz des Rosenschen Hauses reißt meinen Vater nieder! — Er ist ein ehrlicher Mann — Billigkeit! — Mäßigung! — (flehend.) Schonung!

Hofrath. (umhergehend und an der Binde zerrend.) Ja, du lieber Gott —

Auguste. Er will zalen — Er kann zalen! Nur nicht auf einmal — nur nicht iezt! Nur nach und nach!

Hofrath. Schönes Gustchen — das sind Dinge, worin ich gar keine Stimme habe.

Auguste. Erbarmen! — Erbarmen! — Mein Vater ist ein ehrlicher Mann.

Hofrath. (nachdenkend.) Laß sehen! — (ernsthaft.) Doch ich habe nicht Siz und Stimme bei dem Pupillaramt —

Auguste. Aber Macht, das Herz Ihres Vaters für uns zu rüren!

Hofrath. Ich bin warlich sehr embarassirt — ich wollte Ihnen nicht gern etwas abschlagen — ich wollte gern aus Estime für Sie —

Auguste. Aus Mitleiden — aus Barmherzigkeit — seyn Sie großmütig! —

Hofrath. Und dazu sind Sie eine so schöne Bitterinn — so schön — daß man — wahrlich dem Unglück hold seyn muß, das Sie in einer so reizenden Gestalt zeigt. Aber bei dem allen, Ihr Herr Vater hat sich gar zu viel Feinde gemacht — gar zu viel! — da läßt sich nichts thun.

Auguste. Im Namen der Menschlichkeit, seyn Sie großmütig!

Hofrath. Liebes, schönes Kind! iezt muß man es schon gehen lassen, wie es nun einmal geht!

Auguste. (verzweifelnd.) Ach Gott! Ach Gott!

Hofrath. Eher kann man etwa nachher sehen, wie man hilft! (will gehen.)

Auguste. Bleiben Sie! — Ich muß Ihnen sagen — (weint.)

Hofrath. Nun? was?

Auguste. (wehmütig.) Ich weiß nicht — Ich kann Ihnen nichts sagen, als daß wir elend sind! Aber ganz elend — ich umfasse Ihre Knie — Aber Ihr Herz ist ja gefülvoll — Barmherzigkeit!

Hofrath. Liebes Kind, wir stehen Alle in Gottes Hand! Fassen Sie Sich — weinen Sie nicht so —

stehen Sie auf — Ich bin wahrlich embarassirt, Sie in dieser Situazion vor mir zu sehen. (hebt sie auf.) Es kann Alles besser werden, als Sie denken. Mein Herz ist von Mitgefül durchdrungen. Könnt' es helfen — Ach, so wäre Ihnen besser! — Leben Sie wol. (großthuerisch freundlich.) Ich werde für Sie sorgen. — Für die gehabte Attenzion bin ich Ihnen gehorsamst verbunden. (ab.)

Auguste. So schlägt auch dies fehl!

Fünfter Auftritt.

Auguste. Mad. Drave. Herr Drave. Philipp Brook.

Mad. Drave. (stürzt herein.) Nun ists aus! — wir sind verloren!

Auguste. Was ists?

Drave. (tritt herein. Philipp Brook folgt.) Nein, und wenn es mir auf der Stelle das Leben gekostet hätte!

Auguste. Reden Sie doch! was ist denn?

Mad. Drave. Ach Gott!

Philipp. Nur ruhig, Madam, nur ruhig! Das verschlimmert Ihre Lage sehr wenig.

Drave. Elender, nichtswürdiger Kerl! der nicht werth ist, daß ein ehrlicher Mann ihn trift!

Mad. Drave. Sich an der Obrigkeit zu vergreifen! Das muß ein schreckliches Ende nehmen!

Philipp. Seyn Sie ruhig! Ich war Zeuge, daß er Ihren Mann mißhandelte.

Drave. Schon vorhin, als er hier war, hielt ich mich kaum. Aber als er von Unterschleif der Pupillengelder sprach — von Zuchthäusern für pflichtvergessene Vormünder — ia da! — O warum hielten Sie mich zurück?

Philipp. Wir müssen iezt keine Zeit verlieren! — Also — vor Allem, um die Hauptsache zu heben — bedienen Sie Sich meines Vermögens, wie des Ihrigen —

Auguste. Mad. Drave. Großmütiger Mann!

Drave. — Nein!

Philipp. Dabei verlieren kann ich ia nicht.

Drave. Das kann man nicht wissen!

Philipp. Sie sind ein redlicher Mann.

Drave. Ein Kaufmann — also dem Zufall mehr, als Andre, unterworfen.

Philipp. Aber, mein Gott! —

Drave. Dem Zufall, der mich auch iezt zum Bettler macht!

Philipp. (mit einer Träne.) Ist das der Lohn Ihrer Vatertreue an uns!

Drave. Mein Lohn — wahrlich, der bleibt mir! der bleibt mir!

Philipp. Oder glauben Sie, daß ich mein Anerbieten nicht von ganzem Herzen thue?

Drave. (warm.) Ich bin Ihrer gewiß! So wie bei mir das Gefühl von den Pflichten eines gewissenhaften Vormundes, nicht Heuchelei — meine iezige Verläugnung nicht Hochmuth ist! — das Selbstgefül allein erhebt über das Unglück.

Mad. Drave. O lieber Mann!

Auguste. Mein Vater, Sie denken nicht, daß Ihr herannahendes Alter —

Drave. Dürftigkeit ertragen kann, aber nicht Unredlichkeit — die Zeit vergeht — Brook, helfen Sie mir meine Papiere ordnen! — Auguste! — liebes Weib! — wollt Ihr etwas für mich thun, so denkt darauf, wie wir unter wechselseitigen Arbeiten das Leben durchbringen wollen! Seyd stark! in Eurem Muth besteht mein Trost. — Sehen Sie, Brook — betäubt mich das Unglück, oder hält mich eine höhere Hand aufrecht? — Ich weiß es nicht — aber ich achte den Wechsel nicht sehr. Kommen Sie! — Warum so finster? so in Gedanken?

Philipp. (ernst) Sie wollen meine Hülfe nicht?

Drave. Ich darf sie nicht wollen!

Philipp. Durchaus nicht?

Drave. (ihm sanft die Hand druckend.) Nein.

Philipp. Sie sind Mann und Vater!

Drave. Wenn mein Weib und meine Tochter nicht fühlten, was ich iezt fühle — so wären sie arm — auch wenn ich ihnen alles nachliesse, was ich iezt verliere.

Sechster Auftritt.

Die Vorigen. Friedrich.

Friedrich. Ums Himmelswillen, mein Herr! draussen ist Wache, Sie in Arrest zu holen.

Drave. Wen?

Friedrich. Sie, mein Herr.

Drave. Auf wessen Befel?

Friedrich. Auf Befel des Kanzlers. (ab.)

Drave. Das ist zu viel!
Philipp. Des Kanzlers?

Drave. Das ist zu viel!

Philipp. Zuviel? zuviel? — Genug! Gerade genug! — O Gott sei Dank! (kalt.) Gehen Sie in Gottes Namen!

Drave. So öffentlich? das ist zu viel! — Vermögen — Ehre — Leben — Alles in einem Tage! — — Nun so nimms, und möge Dirs Gott vergeben! — Brook! bleiben Sie bei Frau und Kind! —

Auguste. O mein Vater!
Mad. Drave. Mein armer unglücklicher Mann!

Drave. (umarmt sie, und indem er Beide fest an sich drückt, mit erhabnem Blick.) Gott, Du kennst mein Herz! — Du siehst diese Tränen — Du siehst, daß uns die Menschen verderben. — Verzweifelnd heben wir unsre Hände zu Dir auf — du bist gerecht! wir sehen uns bald wieder! — (er reißt sich los, und geht; unter der Thür:) Brook! schützen Sie die Weiber! (ab.)

Siebenter Auftritt.

Mad. Drave. Auguste. Philipp Brook.

Auguste. O Gott, mein Vater!
Mad. Drave. O Gott, mein Mann! (ihm nach.)

Philipp. (hält sie zurück.) Sie müssen Ihre Ausrufungen, Ihre Tränen mäßigen!

Auguste. Mad. Drave. Kann ich?

Philipp. Sie müssen! Gehen Sie auf Ihr Zimmer — versprechen Sie mir, es nicht zu verlassen!

Mad. Drave. Was fordern Sie?

Philipp. Ich muß fort! Gehen Sie dahin. Adieu! — Ich komme wieder.

Mad. Drave. Wo wollen Sie hin?
Auguste. Um Gottes willen, wo wollen Sie hin?

Philipp. (kalt.) Einen Gang ausgehen. (die Uhr nehmend.) In ¾ Stunden bin ich wieder da — denke ich! — (ahndend.) Sollte ich nicht da seyn, so — aber ich bin gewiß da.

Auguste. Mad. Drave. O Gott, verlassen Sie uns nicht!

Philipp. Ich komme wieder — (er nimmt Beide und führt sie ab.) Ich komme gewiß wieder!

(Sie gehen ab.)

Achter Auftritt.

Zimmer aus dem Ersten Auftritt, beim Kanzler.

Hofrath Flessel. Hernach Jakob.

Hofrath. (kommt aus dem Kabinet und ruft:) Jakob!

Jakob. Herr Hofrath!

Hofrath. Ein Kanzleibote soll hereinkommen!

Jakob. (ab.)

Hofrath. (sieht Papiere durch.) So! — dagegen kann er nicht aufkommen! — und daß Brook die Klage führen muß — das schüzt uns vor allen üblen Meinungen. — Wir lassen dem Kläger nur sein Recht wiederfahren.

Neunter Auftritt.

Voriger. Ein Kanzleibote.

Hofrath. Ah mein scharmanter Freund, trage Er doch das gleich in das Stadtgericht. Ich würde vor Abend selbst noch die Ehre haben aufzuwarten.

Kanzleibote. (will fort.)

Hofrath. Er möchte ja nicht vergessen — es wäre die schleunigste Expedizion nötig!

Kanzleibote. (will fort.)

Hofrath. Hört er? — die schleunigste Expedizion!

Kanzleibote. (ab.)

Hofrath. Mein guter Herr Drave, so umsonst und um nichts verbietet man den Leuten sein Haus nicht! — Sind Sie das nun gewahr worden?

Zehnter Auftritt.

Hofrath. Ludwig Brook.

Hofrath. Wo, zum Guckuck, steckst Du denn? Die Affaire gegen Herrn Drave ist ia in vollem Gange.

Ludwig. So? schon?

Hofrath. Ei freilich! das ist aber doch lustig, Du wohnst im Hause und weißt das nicht!

Ludwig. Wohne im Hause! wie aber? So, daß ich oft in 3 Tagen kaum da schlafe. Ich war bei Paulino, in guter Gesellschaft. Es ist herrlicher Ziperwein dort angekommen.

Hofrath. Mein Schaz, ich wollte Du liessest iezt Deine gute Gesellschaft und Deinen Ziperwein weg! Du mußt Dich nicht viel im Publikum sehen lassen, damit man Dich nicht quästionirt, interzedirt u. s. w. Also höre denn —

Ludwig. Muß ich denn hören?

Hofrath. Freilich, freilich!

Ludwig. Aber denk ums Himmels willen! aus solcher Gesellschaft zu Euren frostigen Verhandlungen — von Ziperwein zu Euren Kautelen —

Hofrath. Drave hatte seine Erklärung gleich eingegeben.

Ludwig. (sich im Stule dehnend und gähnend.) Nun? und die lautete? —

Hofrath. Daß ihm die Zalung unmöglich wäre! — daß er ein ehrlicher Mann sei — daß er hoffe, man werde darauf Rücksicht nehmen — man werde ihm Frist gestatten —

Ludwig. (wie vorher.) Nun, und —?

Hofrath. Versteht sich, daß Deine Forderung gleich gesichert werden mußte! — man hat also eben iezt noch zur Versieglung schreiten müssen —

Ludwig. (erschrocken.) So? (ernsth.) Das ist mir nicht lieb!

Hofrath. Durchaus nötig! — durchaus!

Ludwig. (mit Wärme.) Aber er wird ia dadurch ganz ruinirt!

Hofrath. Bewahre! (ihm vertrauend.) Sei Du sicher und gewiß, daß mit Deinem Gelde bei Rosens genug erwuchert, genug bei Seite gebracht worden ist! Die ganze Welt weiß es — und wir wissen es gewiß!

Ludwig. (wieder frölich.) Hm! — wenn das ist! — Züchtigung kann dem geschwäzigen Moralisten nicht schaden!

Hofrath. Weißt Du denn auch, daß ich auf diesem Wege in meiner Liebe dem Ziel näher komme?

Ludwig. Wie so?

Hofrath. Ei, was denkt denn Mamsell Auguste anzufangen? — Wenn sie recht im Elend sind, muß sie sich ja meine Verwendung noch für ein Glück anrechnen! Ich will sie bei meiner Kusine zu Ehrenburg in Kondizion bringen —

Ludwig. Pah! — schäm' Dich!

Hofrath. Warum? — Sie kann allerhand schöne Frauenzimmerarbeit — Musik, Französisch — Es ist eine herrliche Kondizion! — Sie speist mit der Herrschaft — wenn keine Fremde da sind!

Ludwig. Ein Mädchen, wie Auguste — in Kondizion! — Schäme Dich!

Hofrath. Doch besser, als durch Elend in ein liederliches Leben gerathen!

Ludwig. Wie? dahin könnte sie kommen — durch meine Forderung? — dahin?

Hofrath. Es geht Dir, wie den Kindern. Man muß ihnen Spielwerk vorwerfen — damit sie nicht schreien.

Ludwig. Hol mich der Teufel! das ist aber geradezu unehrlich.

Hofrath. Hahaha! die Ehre eines Mannes von Gewicht ist von dem sehr unterschieden, was man sonst so nennt! Und was im gemeinen Leben Redlichkeit heißt, dabei würde man zum Stümper im Kabinet.

Ludwig. (fixirt ihn.)

Hofrath. Apropos! die Vormundschaftsrechnungen sind zu meinem Vater gebracht. — Er ist eben im Begriff, sie durchzusehen. Da werden wir dem Fuchs auf die Schliche kommen.

Ludwig. Ganz gut! — Aber Auguste? — Höre, daß der Vater angetastet wird, das kült mein Müthchen gegen ihn — das ist herrlich! — aber Mutter und Tochter —

Eilfter Auftritt.

Die Vorigen. Sekretär. Hernach Jakob.

Sekretär. Meine Herren — eben läßt sich iemand bei dem Herrn Kanzler zum Besuch melden — Rathen Sie, wer?

Ludwig. Rathen? — ja auf wen?

Sekretär. Auf Jemand Seltenen! Auf Jemand — Doch, man soll eben so wenig auf ausgemachte Gewißheiten Wette schliessen, als auf halbe Unmöglichkeiten rathen lassen.

Hofrath. Nun?

Sekretär. Ihr Herr Bruder läßt sich melden.

Ludwig. Mein Bruder?

Hofrath. Ei der Tausend!

Sekretär. Meldet sich, wollt' ich sagen; denn er ist selbst unten im Zimmer — (zum Hofrath.) Wollen Sie anfragen, ob es gelegen ist?

Hofrath. Ja, ja! — Ei der Tausend! (schnell ab.)

Ludwig. Mein Bruder? hier? — Hier im Hause? — das kann ich nicht begreifen!

Sekretär. Ich gestehe, daß es mich befremdet! neugierig bin ich indeß auf ihn — Ich habe ihn noch niemals gesprochen.

Hofrath. (zurückkommend.) Wird angenommen!

Ludwig. So?

Sekretär. (klingelt.)

Jakob. (kommt.)

Sekretär. (zu Jakob.) Viel Ehre!

Jakob. (ab.)

Ludwig. Ja — da möcht ich mich doch wol hier nicht treffen lassen — denn — dem Himmel sei Dank! wir haben uns beinahe in einem Vierteliahre nicht gesprochen.

Sekretär. So?

Ludwig. Und denken über gewisse Dinge so verschieden, als Tag und Nacht. Da kommen wir gewönlich, um diese nicht zu berüren, mit Formalität zusammen, und gehen mit Kälte wieder auseinander.

Hofrath. So geh indeß zu meinem Vater. Sie, Herr Sekretär, werden so gut sein, ihn etwas zu unterhalten. Mein Vater hält seinen Besuch für eine Interzessionsvisite; wenn wir nun Zeit gewinnen, so ist in der Sache bereits das Gehörige gethan.

Sekretär. Ein gelegener Auftrag! Ich bin neugierig auf den Sonderling.

Hofrath. St! — Er kömmt! — ia wahrhaftig! — Allons fort! (er und Ludwig gehen ins Kabinet.)

Sekretär. (geht etwas nach der Mitte zu.)

Zwölfter Auftritt.

Sekretär. Phil. Brook.

(von Jakob hereingeführt, welcher ihm voraus gegen die Mitte zu, wo der Sekretär hingegangen, sich verbeugt, daß also Brook ziemlich natürlich, ohne diesen zu sehen, vorn in das Zimmer eilt.)

Jakob. Haben Sie nur die Gewogenheit, hier herein zu treten. (ab.)

Philipp. (ohne auf Jemand zu sehen oder zu hören, geht hastig auf und nieder; oft bleibt er stehen. Man sieht, daß er in großem Kampf ist. Die folgenden Worte sind jedesmal Ausbruch eines Feuers, das sich nicht mehr unterdrücken läßt.) Da wäre ich! ..... ja wenn du ..... Nun ist alles gleich — so, oder so! ... Nur Mäßigung! .... abscheulich! abscheulich! ...

Sekretär. Herr Brook! —

Philipp. Ach! — ich bitte um Verzeihung! Ich wußte nicht, daß Jemand im Zimmer war —

Sekretär. Dringende Geschäfte verhindern den Herrn Kanzler, die Ehre Ihres Besuchs gleich anzunehmen. Er wird indeß eilen, Sie zu sprechen.

Philipp. Sehr wol! (auf und nieder, die Hände und den Hut auf dem Rücken, nach einiger Zeit mit kalter Höflichk.) Mein Herr —

Sekretär. Ich bin dem Zufall Verbindlichkeit schuldig, daß er mir das Vergnügen Ihrer Bekanntschaft macht —

Philipp. Wie lange glauben Sie, daß diese Geschäfte dauren werden? Es wird spät, und ich eile —

Sekretär. Nicht lange, denke ich — Nehmen Sie Plaz, Herr Brook! — (sie sezzen sich.) — Die Verbindung — worein dieses Haus mit dem Ihrigen kommen wird —

Philipp. Wie so?

Sekretär. Durch die Heirat der Mademoisell mit Ihrem Herrn Bruder —

Philipp. (erstaunt.) So? (höflich.) Ich habe davon nichts gewußt. —

Sekretär. Ist durch die Verwandschaft mit Ihnen um so —

Philipp. (der indes die Uhr zog.) Es wird spät! — es wird spät! — Glauben Sie, daß er lange bleiben wird?

Sekretär. Nein — Aber haben Sie die Gewogenheit —

Philipp. (springt auf.) Verzeihen Sie — ich kann nicht sizzen — (von ihm ab.) Mein Blut! mein Blut!

Sekretär. Ist Ihnen etwas?

Philipp. Ja — o ia!

Sekretär. Sind Sie —

Philipp. Nein. — Glauben Sie, daß er bald kommen wird?

Sekretär. (höchst beleidigt.) Meine Gesellschaft ist Herrn Brook zuwider?

Philipp. Die Gesellschaft überhaupt! — Ist das das Zimmer, so —

Sekretär. Verzeihen Sie, ich will den Herrn Kanzler von Ihrer Eilfertigkeit benachrichtigen. (er geht mit einer hämischen Verbeugung ab.)

Philipp. (hat im Umhergehen diese Verbeugung gar nicht gesehen.) Gott! Gott! gib mir Mäßigung! Kaltes Blut! — In diesem Zimmer — in diesem nemlichen — Hier! da, da! — O ich halte mich nicht mehr! — Da habe ich für meinen guten Onkel, für seine Freiheit gebeten — gebeten — die Hände gerungen! — und ward hinausgeschleppt! — Ich war Kind! — Nun bin ich Mann! — Ich habe wieder hier für die gemißhandelte Menschheit zu flehn — Mein Onkel leidet noch — ist vielleicht iezt in diesem Augenblick trostlos — elend — verzweifelnd! — Mäßigung! Gott! Mäßigung! — Ich kenne mich nicht mehr — Mäßigung!

Sekretär. (zurückkommend.) Der Herr Kanzler wird in wenigen Minuten hier seyn. Indeß — (er deutet aufs Sizzen.)

Philipp. Erlauben Sie, ich tauge zu keiner Unterhaltung! — Draussen gehe ich die Gallerei auf und ab — man wird mich rufen, wenn — (er geht und macht einen Versuch zu einer Verbeugung.)

Sekretär. (der ihm lange nachsieht.) — Sonderbar! — sehr sonderbar!

Dreyzehnter Auftritt.

Sekretär. Der Hofrath.

Hofrath. (im Hereingehen.) Es ist ja so still! — Ist er fort?

Sekretär. Er geht draussen in der Kupfergallerie — und wartet, daß man ihn rufe.

Hofrath. Gehn Sie ins Kabinet. Ich will ihn holen.

(Sekretär ab.)

Vierzehnter Auftritt.

Der Hofrath. Philipp Brook.

Hofrath. Tausendmal Verzeihung, Herr Brook! — aber Sie wissen —

Philipp. Werde ich iezt vorgelassen?

Hofrath. Sogleich! sogleich! — Sie wissen, daß man mannichmal Geschäfte hat, die —

Philipp. Nun? Sie haben mich gerufen.

Hofrath. Geschäfte, die so pressant sind —

Philipp. Er wird ja wol da drinn seyn, (Er geht auf das Zimmer zu. Der Kanzler kommt ihm an der Thür entgegen.) —

Funfzehnter Auftritt.

Der Kanzler. Die Vorigen.

Kanzler. Ihr ergebner Diener, mein Herr Brook. — Stüle, Samuel!

Hofrath. (im Stülesezzen.) Eine recht seltene Ehre, Herrn Brook bei uns zu sehn.

Philipp. Herr Kanzler, ich wünschte Sie allein zu sprechen.

Kanzler. Nach Belieben! — (mit einem bedeutenden Augenwink.) Führe die Gesellschaft ins Chinesische Kabinet — laß uns allein, Samuel!

Hofrath. (ab.)

Sechzehnter Auftritt.

Kanzler. Philipp Brook.

Kanzler. Nun, was ist in Ihrem Belieben?

Philipp. Ich bitte, daß Sie einen ehrlichen Mann vom Verderben retten!

Kanzler. Wie so? wo kann ich helfen? Reden Sie nur, mein Werther!

Philipp. Vom Kaufmann Drave ist die Rede.

Kanzler. Aha! (bedenklich.) So? von Dem?

Philipp. Für ihn bitte ich — und werde, was Sie thun — als Gnade verehren.

Kanzler. So, so? — von dem Kaufmann Drave! — Ja — Sie sagen: „Vom Verderben retten?" wie so denn?

Philipp. Von schrecklichem Verderben! Von Verzweiflung, worein buchstäbliche Anwendung der Gesezze ihn unvermeidlich stürzen muß; woraus Rücksicht auf den ehrlichen Mann, auf seinen Lebenswandel, auf die Möglichkeit, der Gerechtigkeit dennoch Genüge zu leisten — ihn retten kann!

Kanzler. Mein Kind — die Gerechtigkeit muß ihren Weg gehen!

Philipp. Das soll sie! Darum bitte ich — um Gerechtigkeit bitte ich. Als den Richter, als den Günstling des Fürsten, bitte ich Sie — verhindern Sie's, daß der ehrliche Mann nicht gedrückt wird!

Kanzler. Sie sind ein braver, junger Mann, wie ich sehe — von den edelsten Gesinnungen — von recht kristlicher, patriotischer Denkungsart! (drückt ihm die Hand.) Freut mich, daß ich bei der Okkasion das Vergnügen habe, Ihre Bekanntschaft zu machen!

Philipp. Habe ich Hoffnung für Draven?

Kanzler. Ich will die Ehre haben, Ihnen zu sagen — im gegenwärtigen Fall ist das ohne obrigkeitliche Bewilligung weggeliehene große Kapital Ihres Herrn Bruders, dem Herrn Drave nicht nur als ein peccatum omissionis, sondern auch als ein peccatum commissionis zu imputiren.

Philipp. Das Rosensche Haus war das wolhabendste in der Stadt.

Kanzler. (boshaft lächelnd.) Hat doch fallirt!

Philipp. Drave hat durch Bürgschaft den Schaden gesichert.

Kanzler. Ist klar. An diese hält man sich nunmehr; Ihr Herr Bruder kann nicht verlieren.

Philipp. Gut. So stellen Sie das weitere Verfahren ein — geben Sie Draven die Freiheit!

Kanzler. Hm! er ist nicht allein deswegen gefänglich verwahrt — obwol man der vormundschaftlichen Verwaltung auch nachsehen muß. — Es ist kein gerichtliches Inventarium gemacht worden.

Philipp. Mein Vater hat ihn dazu bevollmächtigt.

Kanzler. Diese Vollmacht ist ex Testamento nicht zu ersehen — eine sonstige Schrift aber nicht vorhanden.

Philipp. Es klagt ia Niemand von den Erben gegen Draven.

Kanzler. O ia — allerdings!

Philipp. Wer?

Kanzler. Ihr Herr Bruder.

Philipp. Nein! — nein, nicht möglich!

Kanzler. Laut eigner Unterschrift.

Philipp. Gut! — Sie können doch alles einstellen — Versieglung und Arrest — alles! — Drave ist frei! (steht auf und trägt den Stul weg.)

Kanzler. (nachdem er dasselbe gethan.) Frei? — warum? wie?

Philipp. Ich verbürge mich für ihn.

Kanzler. Sehr löblich! — sehr rechtschaffen! — wahrhaft christlich! — aber es geht nicht.

Philipp. Warum nicht?

Kanzler. Sie sind selbst noch nicht mündig; können selbst bei obiger Verwaltung gelitten haben. Die Obrigkeit, als von Gott den Waisen gegebener Vater, muß auch Ihre Sache unter Aufsicht nehmen.

Philipp. (der wie eingewurzelt da stand.) So heben Sie indeß nur die Versieglung auf!

Kanzler. Ich kann nicht. —

Philipp. (wirft sich in einen Stul.)

Kanzler. Es ist völliges Zalungsunvermögen durch mehrere Rückstände vergrößert.

Philipp. (springt auf.) Sie nehmen dem Manne Kredit, Brod, Ehre!

Kanzler. Hm! — Kann sich noch immer wieder erholen!

Philipp. Machen Weib, Kind und Vater zu Betteleuten!

Kanzler. Ja du lieber Gott — das geht mir herzlich nahe! — aber was kann man machen?

Philipp. Dem ehrlichen Bürger aus Gerechtigkeit die Frist verstatten, die man denen, welche den Staat und den Fürsten betrogen — für schändliches Geld übermäßig gewährt.

Kanzler. Hat man Andre günstig behandelt, so ist das höchst ungerecht, und wird auf geschehene Denunciation gebürend bestraft werden. — Aber hier läßt sich nichts thun. Ein Glück wird es seyn, wenn man, wegen unnützer, Geld verspillender Dinge, leichtsinniger Zinsennachlasse, Herrn Drave nicht zur Verantwortung zu ziehen hat!

Philipp. (bitter.) So?

Kanzler. Ja — ich will Ihnen sagen — das Vermögen ist sehr groß — hätte weit besser angewandt werden können! Wir haben der Exempel schon gehabt, daß, wegen solches dem Mündel zugefügten Schadens, mancher Vormund auf lebenslang persönlich ist verhaftet worden.

Philipp. Herr Kanzler — Sie sind also entschlossen, auf diesem Wege gegen Herrn Drave fortzugehen?

Kanzler. Auf dem Wege der Gerechtigkeit. —

Philipp. Draven zu ruiniren? —

Kanzler. — Ei, ei, Herr Brook!

Philipp. (heftig.) Sie begehen eine Ungerechtigkeit!

Kanzler. (ergrimmt.) Ungerechtigkeit? — (gleichsam schonend.) Hahaha! iunger Mensch! iunger Mensch!

Philipp. Ich warne Sie, davor!

Kanzler. (hämisch.) Danke Ihnen.

Philipp, (steigend.) Noch ist es Zeit!

Kanzler. So? hm! (Toback schnupfend.) Und wann ist es nicht mehr Zeit?

Philipp. (indem er auf die Uhr sieht, dann von da ab, mit einem großen Blick.) In einer halben Stunde nicht mehr!

Kanzler. Hahaha!

Philipp. Reizen Sie mich nicht! Um Ihres Glückes willen — reizen Sie mich nicht!

Siebzehnter Auftritt.

Vorige. Auguste. Hernach Jakob.

Auguste. (stürzt dem Kanzler zu Füßen.) Gnade! Barmherzigkeit, Barmherzigkeit!

Philipp. Auguste, was machen Sie?
Kanzler. Was will Sie?

Auguste. Mein Vater! mein armer Vater! geben Sie mir ihn wieder! (aufspringend.) Da liegt er auf der Wache und ist ohnmächtig — dem Hohngelächter preisgegeben! — Geben Sie ihn uns wieder!

Philipp. Ruhig, Auguste! ruhig!

Auguste. Wir wollen ja gleich fort aus der Stadt! — Ich weiß, daß Sie uns nicht leiden können — aber wir wollen gewiß gleich fort.

Kanzler. Warum hat er eine obrigkeitliche Person gemißhandelt!

Philipp. Ich war Zeuge von dem Vorfall — Zeuge, daß man ihn widerrechtlich beschimpfte, daß die Menschheit in ihm zur Vertheidigung aufgefordert ward. Ich schwöre Ihnen bei Gott, Drave ward übermenschlich gereizt!

Kanzler. Er konnte sich ja beklagen!

Philipp. Wol. Er hat gefehlt — untersuchen Sie, strafen Sie, schonen Sie nicht! Nur seyn Sie menschlich! nur richten Sie nicht Alles mit Eins zu Grunde.

Auguste. Mein ganzes Glück wird von Ihrem Hause vernichtet! Seys! Nur retten Sie meinen Vater — Ich umfasse Ihre Knie — seyn Sie wolthätig — menschlich! Erbarmen Sie Sich!

Kanzler. Es ist nichts zu thun.

Philipp. Sehen Sie hin! — sehen Sie, mit Todesangst umfaßt sie Ihre Knie!

Kanzler. Herr Brook, mischen Sie Sich nicht in fremde Dinge!

Philipp. Fremd? Ich liebe das Mädchen. Ihr Vater ist mein Vormund — ein ehrlicher Mann! als Sohn rede ich für ihn — warne Sie, von Unmenschlichkeit abzustehn, von Schikane!

Kanzler. Und ich, Herr! will Sie hiermit gewarnt haben, von der Sprache abzustehn!

Philipp. Die Sprache der unterdrückten Menschheit! — endlich müssen Sie sie hören!

Kanzler. Hahaha!

Philipp. Lange genug seufzen die Redlichen unter dem Druck feiger Despoten! Hier diese iammernde

Unschuld soll sie erlösen! Sie hat ihren Sprecher. Es gebricht ihm nicht an Muth, nicht an Kraft! —

Kanzler. Der wäre?

Philipp. Ich!

Kanzler. So, so! — Ei! ei!

Philipp. Ihre Antwort! — wollen Sie mildern oder nicht?

{ Auguste. Ach Gott! Herr Brook —
{ Kanzler. Muß ich antworten?

Philipp. Wahrhaftig, Sie müssen!

Kanzler. So gehen Sie in Gottes Namen nach Hause, und erwarten den Ausgang. Adie! Halten Sie Sich hübsch stille!

Philipp. (in fürchterlichem Tone.) Nach Belieben.

(geht.)

Auguste. (hält ihn zurück.) Um Gottes willen, was machen Sie?

Philipp. Herr Kanzler, ich habe nicht gern das Ansehn, den Donkischott spielen zu wollen. — Noch einmal — im Namen der guten Sache, im Namen Ihres Gewissens, Ihrer schweren Richterverantwortung vor Gott — wollen Sie mildern? Ich verspreche Ihnen eidlich Verschwiegenheit. — Wollen Sie mildern?

Kanzler. (ergrimmt.) Nein!

Philipp. Ich kann gegen Sie handeln. — Ich habe Sie in Händen. Ich werde ein fürchterlicher Gegner. Wollen Sie mildern? (Pause.) Wollen Sie nicht? — — Sie wollen nicht? —

Kanzler. (wütend.) Nein! Nein!

Philipp. Jetzt schlägt die Stunde meiner Bestimmung! — Ich füls — ich füls in allen Adern. — Es gelte!

Kanzler. Gut!

Philipp. Breche, was brechen kann! Sie gestürzt, oder ich ins Gefängniß! Sie entlarvt! — zur schmählichsten Schmach entlarvt! — oder ich an den Pranger als bübischer Pasquillant.

Kanzler. Der kann Dir werden, Bursche!

Philipp. Sei's! die Würfel liegen — aus mir spricht die gute Sache. Das Andenken an das Elend meines Onkels nährt mein Feuer! Ich — mögen Sie es wissen — ich war es, welcher neulich den redlichen Schreiber anfachte — unterstüzte, daß er gegen Sie klagte.

Kanzler. Warst Du der?

Philipp. Er ward überwältigt — Sie waren noch nicht reif. Ich habe im Stillen Beweise gesammelt über Betrug im Kornhandel, über das schändliche Verfahren gegen meinen armen Mutterbruder, den Ihr als wahnsinnig eingekerkert habt — (außer sich.) wahnsinnig, sage ich, um ihn zu plündern! — Antworte darauf!

Kanzler. Bube! (klingelt.)

Jakob. (kommt.)

Kanzler. (spricht leise mit ihm. Hernach Jakob ab.)

Auguste. Vergeben Sie ihm! — O Brook! was machen Sie? (sie führt ihn bei Seite, wodurch er verhindert wird, den Kanzler zu beobachten.)

Philipp. Lassen Sie mich! — Ich habe volle Beweise seiner Schändlichkeit; zugleich mit dem Elend der Patrioten, dem Geschrei unterdrückter Waisen, will ich sie dem Fürsten vor Augen legen.

Kanzler. Geh hin, dummer Schwärmer! — versuch es!

Philipp. Das will ich! das will ich!

Kanzler. Versuche, was Deine pöbelhafte Modefrechheit ausrichten wird.

Philipp. Der Fürst kömmt heute noch zurück! — Er ist der Vater seines Landes — Er ist Mensch! — Er soll mich hören! — was schützt Euch bei Eurem Raube, als die schwache Kette des Zeremoniels! — ich breche sie!

Kanzler. Hahaha! —

Philipp. So wahr Gott über mir lebt, ich breche sie! — als freier Bürger, trage ich in der Sprache der Verzweiflung ihm die Sache des ausgesogenen Landes vor — und eh die Sonne untergeht, rufst Du Weh über Dich und Dein Haus. (er reißt Augusten mit sich fort.)

Kanzler. (geht einmal auf und nieder — dann hastig an die Thür, wo Brook abging — bleibt stehen — geht bis an die Mitte des Zimmers wieder vor — von da geht er entschlossen hin, und klingelt.)

Achtzehnter Auftritt.

Voriger. Philipp Brook,

(von 4 Kanzleidienern umgeben, ohne Hut und Degen. In der Folge:)

Ludwig Brook. Der Hofrath und Sekretär.

Kanzler. Näher, Herr Brook! — hinaus Ihr, bis ich klingle. (die Kanzleidiener gehen ab.) Wie nun?

Philipp. (gesezt.) Was wollen Sie von mir?

Kanzler. Erschrocken? — bleich? — große Augen? — so bald verduzt, Weltenbezwinger? Sie haben die Maske abgelegt — ich will es iezt auch! (nach einer Pause.) Junger Mensch, Seine Kräfte reichen nicht zu, einen Gran von dieser Macht zu nehmen — ein Gran ist zu viel, um Ihn zu verderben. Will Er reuig bitten und Verschwiegenheit schwören — so eile er — reise Er aus dem Lande, und es sei vergessen.

Philipp. — Nein!

Kanzler. Du, der Du mir eine halbe Stunde Bedenkzeit gabst, willst Du das? oder willst Du zum leztenmal das Tageslicht gesehen haben?

Philipp. Verbannen und Fesseln hilft Dir nichts! — Dein geschworner Widersacher lebt überall. Morden mußt Du mich, und dazu bist Du zu feig. — Gott wägt Dich und mich; bricht Kerker und Ketten. Dein Ziel ist gesteckt; darüber hinaus kannst Du nicht!

Kanzler. (mit Ingrimm.) Wurm! ich habe Dich in meiner Hand — ob ich Dich zerdrücken oder kriechen lassen will — wen kümmerts? wer verantwortet es? — Ich! die Seele der Macht, die Hand des Fürsten! — was bleibt Dir übrig? — Staub!

Philipp. (mit Größe.) Mein Herz!

Kanzler. Nun so geh — kriech in die Bande, harre dort eines Rächers — indeß Dein weiserer Bruder hier über Dich lacht.

Philipp. Mein Bruder? — Ha, vielleicht iezt! — Ludwig! Ludwig! (will auf die Thür zu.) Ludwig, hörst Du mich nicht?

Kanzler. (schließt die Thür ab.) Rasender Mensch!

Philipp. Ludwig! Ludwig! ich schreie die Stimme des Bluts in Dir auf! — zu Hülfe! zu Hülfe!

Kanzler. (klingelt.) Haltet ihn zurück!

Ludwig. (von innen.) Laßt mich heraus!

Philipp. Ludwig! zum leztenmal!

Ludwig. Ich komme! (sprengt die Thür auf.) Was hast Du?

(Der Hofrath und Sekretär kommen mit heraus und nehmen durch den Ausdruck in ihren Bewegungen Theil an der Handlung. Gegen das Ende kann der Sekretär das Näherkommen der Brüder hindern.)

(Die Kanzleidiener kommen herein.)

Kanzler. (zu Philipp.) Bösewicht! Du klagst gegen Deinen Bruder? — Führt ihn fort!

Philipp. Hier nimm die Brieftasche! (wirft sie hin.)

Hofrath. (nimmt sie weg.)

Kanzler. Ihr Unglück will er! — Sie enterbt sehen!

Philipp. (im Abführen.) Ludwig! der Onkel! denk an den Onkel! (ab.)

Ludwig. (will ihm nach, und zieht halb den Degen.)

Kanzler. (hält ihn ab.) Brudermord! Zwei Brüder — Mord — Gewalt — Brüdermord!

Ende des vierten Aufzugs.

Fünfter Aufzug.

Bei Drave.

Erster Auftritt.

Auguste. Bald darauf Lisette und Mad. Drave. Zulezt Friedrich.

Auguste. (mit einem Billet in der Hand, geht auf das Kabinet zu.)

Lisette. (kommt eben heraus.)

Auguste. Wo ist meine Mutter?

Lisette. Hier im Zimmer.

Auguste. Draussen wird Sie Jemand finden — Er brachte dies — sage Sie ihm, er möchte warten.

Lisette. (ab. Kommt wieder)

Mad. Drave. (kommt heraus.)

Auguste. Der Hauswirth des ältesten Herrn Brook schickt dies her.

Mad. Drave. (erbricht hastig. Nachdem sie's gelesen:) Bösewicht!

Auguste. Was ists, liebe Mutter?

Mad. Drave. (liest.) „Eben kömmt der Hofrath „und fordert den Schlüssel zu Herrn Brooks Zimmer. „Ich verweigere ihn — er läßt aufbrechen. Eben so „den Schreibtisch. — Nimmt alle Papiere heraus, „wobei er noch begriffen ist. Ich vermuthe nicht ohne „Grund, daß diese Papiere von ausserordentlicher Wich„tigkeit sind. Er tobt entsezlich — spricht von unru„higen Köpfen, von Pasquillanten — von Unglück, „das Brocks Anhang treffen solle — Ich weiß mich „vor Angst nicht zu lassen."

Lisette. (kommt zurück) Es ist Niemand mehr da, Mamsell.

Mad. Drave. Was könnte ich auch antworten?

(Lisette ab.)

Auguste. Daß wir den redlichen Brook mit in unser Unglück ziehen, ihn der Rache mächtiger Feinde überlassen müssen — das ist schrecklich!

Friedrich. (kommt.) Der jüngste Herr Brook.

Auguste. Gott!

Mad. Drave. Was?

Friedrich. (mit edlem Unwillen.) Ich hab ihn schon zweimal abgewiesen.

Mad. Drave. Sag ihm — Der Niederträchtige wagt es noch, sich hier sehen zu lassen! — Sag ihm,

— wir hätten einander nichts — gar nichts mehr zu sagen.

Friedrich. (ab.)

Auguste. Sein Name hat mich erschreckt, daß ich nicht reden kann. (Brook tritt ein, sie thut einen Schrei, und geht ab.)

Zweiter Auftritt.

Ludwig Brook. Mad. Drave. Hernach Friedrich.

Ludwig. (im Hereintreten.) Ich muß sie sprechen, sag ich Ihm. (er geht hastig bis in die Mitte des Zimmers. Der Blick von Mad. Drave trift ihn. Er geht nun langsam vor, ohne nahe an ihr zu stehen.)

Mad. Drave. (die ihren Zorn mit sichtbarer Mühe unterdrückt, ruft:) Friedrich!

Friedrich. (kommt.)

Mad. Drave. Habt Ihr dem Herrn meine Antwort nicht gebracht?

Ludwig. Er hat — Aber — geh Er, Friedrich. Geh Er. — Madam —

Friedrich. (ab.)

Mad. Drave. Was wollen Sie? Haben Sie etwa noch zu fordern? an mir besonders zu fordern? (zückt die Achseln.) Ich werde Sie nicht bezalen können; denn — sehn Sie — man hat schon Alles genommen.

Ludwig. Ich scheine als Bösewicht hier vor Ihnen zu stehen. Das bin ich doch nicht. Darum lassen Sie mich nur die Erklärung —

Mad. Drave. Brauchts Erklärung? Diese leeren Zimmer — unser Elend! — sehen Sie da, das ist die Erklärung Ihres Willens.

Ludwig. Ich werde Ihnen meinen Anblick gleich entziehen, da er Ihnen so verhaßt ist. Nur die Versicherung sei mir noch erlaubt: daß der erste Tag meiner Maiorennität Sie wieder in den Besiz des Ihrigen sezzen wird. Hier ist das Versprechen darüber, fest und bündig. (er legt eine Schrift auf den Tisch.) Somit darf ich hoffen, Ihr Glück wieder gegründet, und meinen Leichtsinn verbessert zu haben. Den Verdruß — lasse Herr Drave mit seiner Sorglosigkeit aufgehen — dann hebt sich die Rechnüng. (geht.)

Mad. Drave. Herr Brook, noch einen Augenblick. (er kommt zurück. Sie geht an den Tisch und holt die Schrift. Nachdem sie sie ganz durchgelesen:) Sie geben uns hier Alles zurück?

Ludwig. Ja.

Mad. Drave. Alles?

Ludwig. (zuversichtlich.) Alles.

Mad. Drave. Was Sie uns genommen haben?

Ludwig. Ja.

Mad. Drave. Auch Vertrauen auf Menschen? Ehre? — der Frau den todtgegrämten Mann? dem Vater die begrabene Tochter? (Pause.) Das alles geben Sie uns wieder? hier auf diesem Papiere wieder?

Ludwig. Madam! daß Sie Alles auf meine Rechnung sezzen, ist Ungerechtigkeit, und zwingt mich zu reden.

Mad. Drave. Reden Sie.

Ludwig. Ich gestehe Ihnen denn freimütig: daß ich, was ich thue, Ihrentwegen, Augustens wegen thue; daß ich für Herrn Drave das nicht thun würde: denn wahrlich, ein halbes Vermögen in eigenen Spekulazionen zu vernachlässigen — (steigend.) Plane, durch den Bruder den Bruder zu verderben — das wurmt! Was geschehen ist — Gott sei mein Zeuge! ich ahndete nichts davon; doch ich bin Mensch — habe gefehlt — mich dünkt aber, ich mache wieder gut, was ich etwa versah.

Mad. Drave. Das fordert Antwort. — Der Mann, der von diesem Darlehn an das gröste, sicherste Haus seinem schwelgerischen Mündel reichliche Unterstüzzung schafte, zu seiner Sicherheit freiwillig mit Hab und Gut sich verbürgte, diese Bürgschaft selbst anzeigt, und mit Verlust alles des Seinigen sie heut erfüllt — ist ein redlicher Mann.

Ludwig. (ausser sich.) Verbürgt?

Mad. Drave. (ohne auf ihn zu hören.) Vatersorge, Vaterangst um ein anvertrautes Kind — hat ihren Lohn in sich. Ein Mann, der, wie Drave, die Hand auf das Herz legen, und auf seinen lezten Richter hinsehen darf, — kann, wenn er Alles verlor — (sie tritt einen Schritt zurück, thut einen Riß durch die Schenkung, und läßt sie fallen.) auch ein solches Pasquill auf seinen Verlust nicht achten.

Ludwig. Ich kann nicht zu mir selbst kommen. — Herr Drave hatte sich für Rosen verbürgt?

Mad. Drave. Verbürgt.

Ludwig. (tief beschämt und bitter.) Das hat man mir nicht gesagt!

Mad. Drave. Wir hätten nichts mehr zu reden. Aber die Gewißheit, daß wir uns nie wieder sehen, fordert mich auf, Sie an etwas zu erinnern. Sie haben Sich um meine Tochter förmlich bei mir beworben —

Ludwig. Madam —

Mad. Drave. Die Sache ist vorbei. — Eine belogene Mutter, eine angeführte Närrinn mehr oder weniger, das macht im Ruf des Mannes von gutem Tone keinen Flecken; die Mädchen weinen, die Mütter grollen, die Männer lachen über die Galanterie. — Nicht wahr, mein Herr, so ist es? Nun, dann gilt auch bei uns keine Ausnahme.

Ludwig. Sie kommen da auf — (heftig.) Das ist — (bittend.) Madam —

Mad. Drave. Sie, der Sie uns noch nie mit einer frohen Stunde lohnten, haben uns in einer Stunde auf immer elend gemacht. Doch Ihr Ehrgefül ist erstorben, und mit ihm iede feine Empfindung. Denn wie könnten Sie es sonst ertragen, Ihre Pflegemutter als Bettlerin, Bettlerinn durch den Sohn ihrer Busenfreundinn, durch ihren Zögling, da vor Sich stehen zu sehen?

Ludwig. (tief gebeugt.) Ach — da ich —

Mad. Drave. Sie haben dem Mädchen Liebe vorgeheuchelt, Sie haben ihr Treue gelogen. Sie liebt Sie, sie wird Sie ewig lieben. Sie verlassen sie als eine Bulerinn. Langsam ausgezehrt wird sie ins Grab kommen, ins Grab, das wir für sie betteln müssen.

Ludwig. O Gott, hören Sie auf!

Mad. Drave. — Sie werden Gatte — Sie werden Vater. Wenn Sie einst hoffnungslos auf Ihr Kind hinsehen, wenn Sie Stunden erleben, wie ich heute — (feierlich erhaben.) dann dränge sich kein Gedanke an diesen Augenblick in Ihre Seele! (gesezt und ruhig.) Ich gebe Ihnen alle Versprechen zurück; ich verzeihe Ihnen alles, und — (warm.) mit diesem Wunsche wollen wir auf ewig scheiden — (mit einem Blick an den Himmel und inniger Rürung.) Ich bitte Gott, daß er es auch vergebe. (will schnell ab.)

Ludwig. (der sie an der Kabinetsthür noch einholt.) Wäre Ihr Mann nicht so hart gewesen, ich lebte izt glücklich mit Augusten. Ach ich liebe sie, und schwöre Ihnen —

Mad. Drave. Erniedrigen Sie mich nicht! Großmuth oder Mitleid wollt' ich nicht erregen; das weiß Gott, der in mein Herz sieht. Wollen Sie Gutes thun, so geben Sie mir meinen Mann wieder.

Ludwig. Ich eile —
Mad. Drave. So —
Ludwig. Alle meine Kräfte —

Mad. Drave. So retten Sie Ihren Bruder von der schändlichsten Behandlung für die edelste That.

Ludwig. (stuzend.) Edelste That? Welches seiner Bubenstücke können Sie dafür ausgeben wollen?

Mad. Drave. (höchst erstaunt. So wie überhaupt die folgende Hälfte der Szene durch das Benehmen der Mad. Drave bei dem Licht, das sie in der Sache bekommt, bei der Möglichkeit der Hülfe, ihre Wärme zunehmend erhalten muß.) Was ist das?

Ludwig. Dem soll ich die Freiheit verschaffen? dem, der sie mir nehmen wollte?

Mad. Drave. Er? Ihnen die Freiheit nehmen?

Ludwig. Mich als Verschwender für unmündig erklären zu lassen — das war sein saubres Proieckt. Auf dessen Erfüllung trug er heute beim Kanzler an; und als es nicht glücken wollte, vergaß er die fromme Maske, spielte den schäumenden Teufel; rief sogar, da man ihn wegen seiner Verwegenheit züchtigen wollte, mich zu Hülfe.

Mad. Drave. Darum — darum? wer bürdete Ihnen diese Lüge auf? — Weil er sich unsrer annahm, der Bosheit des Kanzlers trozte, Geheimnisse zu verrathen drohte, weil — darum sizt er gefangen! Gott, meine Tochter war dabei!

Ludwig. In seiner Brieftasche liegt ia das ganze Proiekt, mit gesammelten Beweisen und Zeugnissen von Schändlichkeiten, die sie mir andichten.

Mad. Drave. Haben Sie das gelesen?

Ludwig. Nein. Aber —

Mad. Drave. Und glauben es?

Ludwig. Weil der Kanzler —

Mad. Drave. Der Nemliche ist, der Ihren Onkel einsperren ließ! Brook retten Sie Ihren Bruder — ich bitte Sie, als Bruder — als Mensch. Er ist wahrhaftig unschuldig.

Ludwig. Gut — Man soll mir die Brieftasche geben. — Aber Sie werden sehen —

Mad. Drave. Nicht so. Gehen Sie in Ihres Bruders Haus. Der Hofrath ist dort, seine Papiere zu untersuchen. Eilen Sie. Gleich iezt!

Ludwig. Desto besser! es ist ia nicht weit von hier. Ich will sogar den Hofrath unter einem Vorwande hieher bringen; hier, in dies Zimmer —

Mad. Drave. Ich verbitte —

Ludwig. Gehen Sie in ein Nebenzimmer. Ueberzeugen Sie Sich, wie ich untersuche, und was ich finde. So gewiß aber die wahre Tugend nie nach finstern Aussenseiten strebt, so gewiß ist mein Bruder ein heimtückischer Teufel! (ab.)

Dritter Auftritt.

Mad. Drave. Auguste. Hernach Ludw. Brook und der Hofrath.

Auguste. (welche, als die Thüre fällt, forschend hereinsieht.) Ist er fort?

Mad. Drave. Man hat ihn mit einem Gewebe von Bosheit und Lügen umsponnen; nur sehr schwer wird er zu überzeugen seyn. Ich zweifle daran; dann sind wir ganz verloren, und sein Bruder auch. — Die unglücklichen Mißverständnisse, der scheinbare Vorzug, der seinem Bruder gegeben ward — ich fürchtete immer von der Seite.

Auguste. Es gehen so viele Leute vorüber — die meisten bleiben stehen und sehen auf das Haus — ich hörte deutlich unsern Namen nennen. — Wenn nur nicht —

Mad. Drave. Was?

Auguste. Ein neues Unglück — oder — ach, mein Vater! — mein armer Vater! —

{ Hofrath. (von aussen.) Ich kann wahrlich nicht!
{ Ludwig. Ei so ziere Dich nicht!

Mad. Drave. Sie sind es; laß uns gehen.

Auguste. Wer denn, liebe Mutter?

Mad. Drave. Komm nur.

(sie gehen ab ins Kabinet.)

Ludwig. (der den Hofrath hereinzieht.) Es wird mir sonst zu spät, sage ich Dir.

Hofrath. (hat ein großes Portefeuille unterm Arm. Zu spät? das ist sonderbar, wenn ich Dir nun gar nicht begegnet wäre?

Ludwig. So hätt' ich Dich besucht.

Hofrath. (will gehen.) Komm wenigstens auf Dein Zimmer.

Ludwig. Wir sind ja nun einmal hier.

Hofrath. Sehr ungern, sage ich Dir, sehr ungern. Denk nur, bei den Umständen! Die Leute ängsten und verfolgen unser einen mit Klagen, mit Bitten, mit Winseln —

Ludwig. Päh!

Hofrath. Dann bin ich auch sehr pressirt — mein Vater wartet auf mich —

Ludwig. Nur zwei Worte — Ihr habt also, und Namens meiner, die Klage gegen Drave eingegeben?

Hofrath. Eingegeben! hahaha! und bestens besorgt.

Ludwig. Gut. Sobald ich aber majorenn werde, zale ich Draven alles zurück.

Hofrath. Gott soll Dich bewahren!

Ludwig. Zäle er dann gemächlich. Aber sag' mir doch — wir kamen heute so schnell aus einander, daß ich nicht weiß, wie — Weswegen ist mein Bruder arretirt?

Hofrath. Weil er Dich pro Prodigo erklären lassen, gegen Deine Heirat gröblich protestiren, und nach der Testamentsklausel sich zu Deinem Vormund aufwerfen wollte.

Ludwig. Der sanftmütige Teufel! Gut. — Aber warum wollte Dein Vater mich nicht in das Zimmer lassen?

Hofrath. Kennt er nicht Deine Wut? Mein Gott, das hätte ia ein Blutbad unter den beiden Brüdern anrichten können.

Ludwig. Warum gab man mir die verdammte Brieftasche nicht?

Hofrath. Die Brieftasche — ist in der Eil vergessen worden. Du kannst sie bekommen. Sie enthält das genaueste Verzeichniß Deiner Fehler, aber sorgfältig zu Lastern herumgedreht. Beweise gegen Dich aus Briefen von der Universität; förmliche Attestate und bitterliche Klagen des Proreктors gegen Dich — Kurz, die Materialien, worauf das Proiekt gebauet war.

Ludwig. (wütend.) Hölle und Teufel! Gleißnerischer Satan! — Komm, laß mich das sehen. (gegen die Thür hin, wo Mad. Drave hineingegangen.) Nun, nicht wahr? hahaha! nun vertheidigt ihn noch! — Zeige mir seine Hand auf! — Drucken lassen will ich diese Originaldokumente von der Bosheit eines frömmlenden Bruders. (will den Hofrath abführen.) Komm, laß es mich gleich sehen! Komm!

Hofrath. (verlegen, nicht vom Plaz rückend.) Wenn mein Vater nur zu Hause ist —

Ludwig. Er erwartet Dich ia.

Hofrath. Dann sind es auch nur die Abschriften — denn die Originale —

Ludwig. Wirst Du ia wol bei Dir haben, da Du seinen Schreibtisch erbrochen hast! — Zeig mir diese Papiere!

Hofrath. Nur nicht so hastig. — Die Originale — sind — nicht — hierunter —

Ludwig. (stuzt.) Nicht?

Hofrath. Nein.

Ludwig. (kalt und langsam.) Wir wollen sehen. — Zeig mir die Papiere!

Hofrath. Ei, was siehst Du denn daran?

Ludwig. (ernst.) Sei so gut! —

Hofrath. Wer kann die itzt durchsehen? Es sind lauter Zettelchen — Auszüge — Collectanea — Oden gegen Tirannendruck — Elegien auf die abgestorbene Freiheit — Es ist nicht der Mühe werth, daß Du Dich damit abgiebst.

Ludwig. (mit untergeschlagenen Armen.) Das ist eine sonderbare Weigerung!

Hofrath. (beleidigt.) Habe ich Dich etwa nicht hinlänglich überzeugt?

Ludwig. (ahndend.) Vollende!

Hofrath. (heftig.) Hast Du Mißtrauen gegen mich?

Ludwig. Diese Frage könnte es mir geben.

Hofrath. (schließt auf, und nimmt, unter dem Vorwande, die Papiere auf dem Tische auszubreiten, behende genug ein zusammengebundnes zwei Finger starkes Paket bei Seite.) Da — hier — und da — und dies noch! — so! Nun ists alle. Nun überzeuge Dich.

Ludwig. (der ihn, obwohl flüchtig, doch bemerkte.) Hm — hm! — wahr! wahrhaftig, Verse — Schwärmereien — Ausbrüche poetischer Wut — wahrhaftig, das ists alles. Ich that Dir Unrecht. — Verzeihe!

Hofrath. (mit Arroganz.) Ich muß Dir sagen, daß dies Betragen mich äußerst beleidigt —

Ludwig. Verzeih mir meine Bedenklichkeit.

Hofrath. Daß ich mir dergleichen sehr verbitte —

Ludwig. Laß Dich nur bedeuten —

Hofrath. (heftig.) Daß ein Andrer sich dergleichen wahrhaftig nicht ungestraft unterstehen dürfte.

Ludwig. Freilich nicht. Aber bedenke auch, die ganze Stadt würde mich einen Höllenbrand nennen, wenn ich, ohne Ueberzeugung, gegen meinen Bruder handelte, darum — (auf einmal im festesten Tone.) Gieb mir auch noch das Paket!

Hofrath. (ohne Bewegung, tödtlich erschrocken.) Was für ein Paket?

Ludwig. Was Du hier herausnahmst, und dort hinstecktest! Gieb! —

Hofrath. (ganz ohne Fassung, doch ernst und leise.) Aber —

Ludwig. Her!

Hofrath. Ich —

Ludwig. (wütend.) Her!

Hofrath. (gibt es hin, sammelt während des Lesens Fassung, und am Ende sieht man ihn wieder mit dreister Stirn.)

Ludwig. (liest.) „Originaldokumente zu meinem „Vorhaben. Eine Abschrift hiervon ist bei dem „Doktor Arens, die andere in meiner rothen Brief„tasche."

Aha! nun, da muß sich ia Alles zeigen! (öffnet das Paket und liest.)

„Zeugniß des Lizenziaten Aarbach, wegen des Onkels Gronau" — „An den Pforten der Ewigkeit, doch meiner Sinne völlig mächtig, bekennet „mein geängstetes Gewissen, daß ich Ihrem Onkel „Gronau, auf hohen Befel, laut beiliegenden „Originalien, hinterlistig gedient habe. Durch „Erkaufung falscher Atteстate ward er für wahnsinnig erklärt, welches er nie war. Er ist wie ein „Missethäter behandelt. Erbarmen Sie Sich seines hohen Alters, und vergeben Sie mir, wie „mir Gott vergebe, vor dessen Gericht ich nun „bald stehen werde." Aarbach.

(er wickelt ein Papier auf.)

Meines Onkels Porträt! Er war meiner Mutter liebster Bruder. (wischt sich eine Träne weg.) Nun, die beiliegenden Originalien? (durchblättert einige Briefe.) Teufel! — Briefe von deines Vaters eigener Hand, mit Bestechungen angefüllt! — Weiter! —

(liest von der Aufschrift ab.)

„Briefe des Kaufmanns Verrini aus Petersburg: „worinn durch Beläge bezeugt wird, daß der „lezte Fruchtankauf für die Armen nur zu 20000 „Rthlr. geschehen ist."

Ferner:

„Beweise von hiesigen Rechnungsführern, daß die„ser Fruchtankauf dem Fürsten für 38000 Rthlr. „angesezt ist."

Was ist das? (indem er eine andre Rubrik erblickt.)

„Mein Testament, im Fall ich plözlich sterben „sollte."

(brichts auf, liest eine Weile still — hierauf laut:)

„Unter der Bedingung, daß er meinen alten On„kel rette, wenn ich es noch nicht durchgesezt „habe, sei mein einziger Erbe, mein Bruder Lud„wig Brook."

(er steht eine Weile eingewurzelt da, fährt dann mit raschen Schritten auf, und sagt mit einem Tone, dem man die heftigste Erschütterung anmerkt:) Sieh mich an!

Hofrath. (kalt und laut.) Nun?

Ludwig. (näher und steigend.) Siehst Du nichts an mir?

Hofrath. Was denn? (aufmerksam.) Nein.

Ludwig. Ahndet Dir auch nichts?

Hofrath. Wovon?

Ludwig. Geschieht kein Zeichen in der Natur, wenn ein guter Engel sich des Sünders wieder erbarmt? — Siehst Du nichts an mir? — So komm, fühle! fühle hieher — fühle wie mein Herz schlägt — Reue — Reue — bittere Reue für meinen Bruder — Rache und Verderben über Euch!

Hofrath. (mit dem ernstesten Schreck.) Was sagst Du?

Ludwig. Du bist gefangen, Satan. Ihr seid verloren — durch Euren Gesellen — durch mich!

Hofrath. (halb bei Seite.) Verflucht! — verflucht!

Ludwig. Von Fehlern habt Ihr mich zu Vergehen, von Vergehen zu Verbrechen gebracht! Izt wolltet Ihr mich zu Gräueln führen! Ihr habt Eure Bosheit auf mich gewälzt; die Stadt verachtet mich, der verworfenste Bube erröthet vor mir.

Hofrath. Du hast versprochen —

Ludwig. Weh mir, daß meines Onkels Leiden mein Herz nicht erschütterten! — Aber Brudermord — nein, Mensch! zum Brudermord waren meine Nerven noch nicht stark genug. Nun Hand ans Werk! Schreib ein Billet an Deinen Vater — sage ihm, die Familie kröche zu Kreuze — wolle wichtige Entdeckungen machen. Schreib ihm, daß er komme — eilig — hieher! — hörst Du? — hieher soll er kommen!

Hofrath. (wütend.) Nimmermehr!

Ludwig. Schreib!

Hofrath. Und wenn es mein Leben kostete — Nein.

Ludwig. Schreib, oder in zwei Minuten bist Du eine Leiche! schreib!

Hofrath. (sezt im Ausdruck der Verzweiflung sich hin und schreibt.)

Ludwig. (mit gezogenem Degen; liest nach. Als es geschrieben ist, nimmt er das Papier und steckt den Degen ein.)

Hofrath. Ich sehe Alles — hahaha! aber triumphiren Sie nicht zu früh —

Ludwig. (im Begriff, ihn zu mißhandeln.) Daß ich Dich nicht in diesem Lachen Deinem Teufel übergebe — das ist Pflicht der alten Kameradschaft. Mein Laster rettet Dich. Was wir aber noch mit einander zu thun haben, wird sich finden. Allons, fort Bursche!

(er führt ihn am Arme hinaus. Dieser Abgang darf von Seiten des Raths nicht ins Lächerliche gezogen werden.)

Vierter Auftritt.

Mad. Drave. Auguste. Hernach der alte Mann von aussen.

Mad. Drave. Das ist zu schändlich! Diese Bosheiten liegen zu hell am Tage. Wäre Brook zu feig, diese Beweise zu nuzen, so verlang ich selbst, dem Fürsten vorgestellt zu werden.

Auguste. Ach, liebe Mutter, das Elend seiner Unterthanen könnte er nur aus Papieren kennen; und diese bleiben ungelesen in seiner Tasche.

Mad. Drave. Die Stadt ist schwierig, der Hof ist ohnehin seit einiger Zeit in Bewegung. Die Kabale schläft nie. Als Weib, als Mutter, aufs äußerste getrieben, habe ich nun nichts mehr zu fürchten. Sie sollen erfahren, daß Verzweiflung oft allmächtig ist.

(der Alte klopft von innen.)

Auguste. Was war das?

Mad. Drave. Nichts, mein Kind. Sei ruhig; unser Unglück kann nicht mehr steigen. Brächte nur Friedrich erst wieder Nachricht von Deinem Vater —

(er klopft wieder zweimal.)

Auguste. Hörten Sie das?

Mad. Drave. Ist Jemand da?

Fünfter Auftritt.

Vorige. Ein alter Mann,

(in einem unmodischen seidenen Rocke, Schuhen ohne Schnallen, schwarzen Strümpfen, und einer Weste, worauf nur Stellenweise noch Tressen sind. Graues Haar und Platte.)

Hernach Ludwig Brook. Zulezt Jakob, des Kanzlers Bedienter.

Der Alte. (kommt furchtsam, doch edel, näher.)

Mad. Drave. Was will Er? — näher — nur näher, mein Freund. Was will Er?

Der Alte. (scheu.) Madam — wohnt nicht hier — in diesem Hause — der Kaufmann Drave?

Mad. Drave. Ach —

Der Alte. Sonst wohnte er da — ich meine hier. — Wohnt er etwa nicht mehr hier?

Auguste. Ja.

Der Alte. Ich möchte ihn wol sprechen — wenns erlaubt wäre. —

Mad. Drave. Er ist — (betrübt.) nicht da.

Der Alte. Er wird doch wiederkommen? (herzlich.) Nicht wahr? (beide betrachtend.) Oder ist er todt? — Ja, wenn er todt ist — (weich.) so ist ihm wol — und ich will seine Ruhe nicht stören.

Ludwig Brook. (kommt heftig herein und küßt der Mad. Drave die Hand.) Wahr! wahr! Alles wahr! ohne Sie — was wäre ich! O mein Bruder! mein Bruder! — Mein Engel sind Sie! — Auguste, gute Auguste! (zärtlich.) Sie werden mich mehr bedauren als hassen. (durch diese Wendung den Alten gewahr werdend.) Was will der Alte hier?

Mad. Drave. (sanft.) Irgend ein Unglücklicher, Er fragt nach meinem Manne.

Ludwig. (gibt ihm Geld.) Da, geh Er.

Der Alte. (ablehnend.) Ich brauche kein Geld.

Ludwig. (hastig.) Gleichviel — Nur geh Er —

Der Alte. Ich brauche wenig, junger Herr.

Ludwig. Was will Er denn haben?

Der Alte. So viel Erde, daß ich eingescharrt werden kann.

Ludwig. Er dauert mich — Nehm Er und geh Er fort. Wir können Ihn iezt nicht hören. — (Er treibt ihn fort.) Morgen — Komm Er morgen wieder. — Nun hören Sie, Madam, der Hofrath ist wol verwahrt auf meinem Zimmer. Der Kanzler wird hieher kommen —

Der Alte. (der langsam wieder zurückkömmt.) Nein — ich will nicht wieder aus dem Hause.

Ludwig. Aber —

Der Alte. Ich kann nicht weiter. (sezt sich.) Lassen Sie mich hier, guter junger Herr — ich mache es kurz — Gott ruft mich bald.

Ludwig. Was will Er denn?
Auguste. Redet, guter Vater.

Der Alte. (um sich sehend.) Du lieber Gott! ich war wol oft in dem Hause — sonst — ehedem! — Aber es ist lange — lange her.

Mad. Drave. Sagt nur, wer Ihr seid?

Der Alte. Ich will es Ihnen wol sagen — denn ich sterbe gewiß bald. — Sehen Sie — man stellt mir gewaltig nach — Ich bin ein grundreicher Mann — habe ganze Kisten voll Silber — es ward immer groß traktirt bei mir — Meine schönen Kleider habe ich lange nicht angehabt, denn — es ist nichts mehr so recht in Ordnung —

Ludwig. (heftig.) Wer bist Du?

Der Alte. Werden Sie nur nicht böse — ich will Ihnen Alles sagen, was ich weiß — lassen Sie mich nur nicht schlagen — (er kniet.) Ich sage ja Alles —

Auguste. (hebt ihn auf.)

Der Alte. Es war Anno — Anno — warten Sie nur — wenn ich mich auf etwas besinne, thut mir der Kopf weh — aber es wird mir doch noch beifallen. Ja, ich ward weggeführt und saß — lange — lange Jahre. Man hat mich nicht an die Luft gelassen, und ich wurde scharf bewacht, in einem Keller — (leise.) Ich hätte gegen den Herrn gesprochen, sagten sie — es wär' eine Gnade, daß ich nicht gerichtet würde —

Ludwig. Weiter! weiter!

Der Alte. Ich bin alles bald gewohnt geworden. Wenn ich aber oben über mir Menschen hörte, oder Musik: dann hätte ich doch wol wieder in die Welt gemocht. — Mannichmal mußte ich in den kalten Nächten laut weinen — sie schlugen mich aber, wenn ich weinte, da habe ich mir das auch abgewöhnt. Nun kann ich nicht mehr weinen.

Mad. Drave. Der arme Mann!
Ludwig. (ahndend.) Alter, wer bist Du?

Der Alte. Endlich, wie ich so gar alt ward, bewachten sie mich nur selten. Nachts blieb einmal meine Thür offen — und ich ging fort. — Seit vielen Tagen irre ich herum und bettle.

Ludwig. Und Deine Verwandten? —

Der Alte. O ia, ich habe Verwandte, aber sie haben mich ausgestoßen. Nachher sind sie gestorben, habe ich sagen hören — aber ihre Kinder wollen mich nicht loslassen — meines Geldes wegen. Ach, und ich habe es ia für sie gespart! — Wenn ich daran denke, ziehn sich meine Augen heiß zusammen. — Es sind meiner Schwester Kinder.

Ludwig. (zu seinen Füßen.) Barmherziger Gott!
Mad. Drave. Er ists!

Auguste. Wie?

Ludwig. (aufspringend.) Mein Onkel! Mein Onkel! ich bin Brook, ich bin Brook, Ihrer Schwester Sohn! (sich fester an ihn klemmend.) Ihrer Marie Sohn — ich bins.

Der Alte. Er wird mich angeben! O bitten Sie doch für mich, daß er mich nicht einsperren läßt!

Ludwig. Hören Sie auf! — o hören Sie auf!

Der Alte. Nimm alles, was ich habe — aber, um Deiner seligen Mutter willen, laß mich nicht wieder festsetzen!

Mad. Drave. Er liebt Sie, guter Mann. Er liebt Sie herzlich!

Auguste. Ach Gott, welch ein Anblick!

Der Alte. Willst Du mich denn gewiß nicht einsperren lassen? sag — gewiß nicht? (er schließt Ludwigs Hand fest in die seinige.) Gewiß nicht?

Ludwig. Bruder meiner guten, verewigten Mutter, fülst Du es nicht? es ist Deiner Schwester Sohn, der an Deinem Herzen weint!

Der Alte. Sieh mich an — hebe Deinen Kopf auf — ich glaube, — 15 Jahre war ich weg, ich kann mich nicht mehr so recht auf alles besinnen — aber ich glaube, Du bist es.

Ludwig. Sagt Ihnen das Ihr Herz nicht?

Mad. Drave. Er ists.

Der Alte. (freudig gerührt.) Ist es denn Philipp oder Ludwig?

Ludwig. Ich bin Ludwig, der Jüngste.

Der Alte. (wischt sich die Augen, faßt ihn an — weint laut.) Küsse mich, Ludwig.

Ludwig. Hätte ich nicht schwerer gesündigt, als einer — dieser Kuß weihte mich zum blutigen Rächer.

Jakob. (kommt.) Der Herr Kanzler!

Ludwig. Will er kommen?

Johann. Sind schon oben hinauf. (ab.)

Auguste. Mein Gott!

Ludwig. Herrlich! herrlich! — Nun will ich hin zu ihnen. Schnelle Entlassungsbefehle für Ihren Mann und meinen Bruder sind meine ersten Foderungen. — Fürchterlich will ich zu ihnen reden! — wenn sie sich weigern — wenn sie nur zaudern! Weh ihnen! (ab.)

Sechster Auftritt.

Vorige, ohne Ludw. Brook. Hernach Friedrich.

Der Alte. Was will er? wo geht er denn hin?

Mad. Drave. Guter Mann, das ist eine entscheidende Stunde. Beten Sie! Es gilt uns Allen. Gott weiß, wie es noch gehen wird!

Der Alte. Sind Sie nicht glücklich?

Auguste. Nein, o nein!

Friedrich. (eiligst.) Ach Gott, Madam — ach Gott!

Mad. Drave. Was ist?
Auguste. Was will Er?

Friedrich. Mein Herr — mein armer Herr! —

Auguste. Was?
Mad. Drave. Was ist mit ihm?

Friedrich. Man will ihn eben von der Wache wegbringen —

Mad. Drave. Nun?

Friedrich. Sie wollen ihn in das gemeine Gefängniß sezen.

Auguste. Mein Vater! mein Vater!
Mad. Drave. (fast ohnmächtig.) Ach Gott!

Friedrich. Alle Anstalten sind gemacht — Die Leute versammeln sich — Unsern armen Herrn kennt man fast nicht mehr, so hat ihn der Schreck zugesezt —.

Auguste. Mutter! liebe Mutter! O Gott, das bringt Sie um! Wer wird sich unsrer erbarmen!

Friedrich. Madam, Sie sind schwach — wollen Sie auf Ihr Bett gebracht seyn?

Mad. Drave. (betäubt.) Nein, laßt mich —

Friedrich. Warum fuhr es mir auch so heraus!

Mad. Drave. Unsere Mäntel! —

Friedrich. (ab.)

Mad. Drave. Meine Kräfte — (sie sezt sich. Auguste unterstüzt sie.) Ich bin schwach, mein Kind.

Auguste. Arme Mutter!

Mad. Drave. Wir wollen hin, meine Tochter.

Siebenter Auftritt.

Vorige. Rose. Hernach Friedrich.

Rose. (schnell.) Ach, Madam, ich kann Ihnen nicht verheelen — oder wissen Sie schon? —

Mad. Drave. Alles.

Auguste. Rathen Sie uns — rathen Sie uns!

Rose. Können Sie mich ansehen, ohne Fluch über mich zu rufen?

Mad. Drave. Kommen Sie, wir wollen zu ihm — Komm Auguste!

Rose. Wie? Sie wollen hingehen? O Gott, nein! Der Anblick — das Volk — die schreckliche Vorkehr —

Friedrich. (bringt die Mäntel, er trocknet sich die Augen.)

Mad. Drave. (nimmt den ibrigen, ohne weiter darauf zu achten.)

Rose. Daß mir keiner von den Bösewichtern unter die Augen kömmt! — ich stehe für nichts!

Mad. Drave. Gott, du siehst, daß uns die Menschen verderben — daß Niemand uns retten kann — Du hilfst uns — Du mußt uns helfen! (sie geben.)

Der Alte. Wer erbarmt sich meiner?

Mad. Drave. Auguste, bleib bei ihm, bring ihn zur Ruhe. Friedrich, sorgt für ihn — bringt ihn weg!

Friedrich. Wohin?

Mad. Drave. Wohin? — Ich weiß Niemand — keinen Freund.

Friedr. Ich will ihn zu meiner alten Mutter bringen.

Mad. Drave. Gut. (geht mit Rosen ab.)

Der Alte. (indem Auguste und Friedrich ihn abführen.) Ihr verlaßt mich? Ihr wollt mich verrathen? Ich habe ia nichts, als diese grauen Haare. (ab.)

Achter Auftritt.

Der Sekretär des Kanzlers mit Mad. Drave und Rose.

Sekretär. (indem Mad. Drave und Rose ihm am Eingange begegnen.) Wohin?

Rose. Dahin, wo ein Redlicher der Bosheit geopfert wird.

Sekretär. Sagen Sie mir, Madam —

Rose. Sie hat iezt Tränen zu trocknen, Herr, nicht Galle einzuschlucken.

Sekretär. Sie werden nicht gefragt.

Mad. Drave. Lassen Sie mich hin — Sie —

Sekretär. Nein.

Mad. Drave. Wie?

Sekretär. Sie können nicht weggehen.

Rose. Warum nicht?

Sekretär. Es ist verboten.

Mad. Drave. Wollen Sie dem unglücklichen Manne auch die Pflege seines Weibes noch rauben?

Rose. Und mit welchem Recht unterstehen Sie Sich —

Sekretär. Kennen Sie mich, Herr?

Rose. (heftig.) Nur zu gut!

Sekretär. So wissen Sie, daß, wo ich auf Befehl hinkomme, man zu schweigen und zu thun hat.

Mad. Drave. (will gehen.)

Sekretär. Ohne Wortwechsel und Zeitverlust — Sie bleiben da!

Mad. Drave. O Gott!

Sekretär. Herr Rose — begeben Sie Sich weg.

Rose. Nein.

Sekretär. Sonderbar! wahrlich!

Rose. Sie sollen das arme Weib nicht zur Verzweiflung bringen.

Sekretär. Herr, wer sind Sie?

Rose. Ein Bettler — durch Deinen Meister und Dich. Ein verzweifelnder Bettler; weißt Du, was der vermag?

Sekretär. Sind Sie wahnsinnig?

Rose. Vernünftig genug, um wahnsinnig zu werden. Vernünftig genug zum einsperren; — aber nicht reich genug —

Sekretär. Herr, hüten Sie Ihren Mund!

Rose. Und Du Dein Leben!

Sekretär. Das geht zu weit! —
Mad. Drave. Herr Rose, um Gottes willen!

Rose. Habe ich kein Gewehr, so will ich diesen Stock als eine Keule gegen Dich gebrauchen, Du Handlanger der feilen Gerechtigkeit —

Sekretär. Ihr iammert mich!

Rose. Auswurf kalter Bösewichter! Du schleichst im Dunkeln, und kuppelst ihre lichtscheuen Händel!

Mad. Drave. (hält ihn von Gewaltthätigkeit zurük.)

Sekretär. Es sind Leute mit mir gekommen — und ich habe Carte blanche. Nuzzen Sie die Warnung, weil es noch Zeit ist, und begeben Sie Sich weg.

Rose. Ich will mich wegbegeben; (wütend.) aber Du sollst — (innehaltend, dann, mit Nachdruck:) ich begebe mich weg! (ab.)

Neunter Auftritt.

Mad. Drave. Sekretär.

Mad. Drave. O mein Herr — wenn Sie jemals liebten — wenn Sie in Unglück für Jemand zitterten — Weib, Kind oder Bruder — wenn Sie lieben, so fülen Sie meine unaussprechliche Angst, so erbarmen Sie Sich, und lassen mich hin.

Sekretär. Madam, ich habe den Auftrag, Sie über etwas zu befragen. Die Mittel, Wahrheit zu finden, habe ich bei mir. Aufrichtigkeit, Willfährigkeit kann viel gut machen.

Mad. Drave. Was soll ich sagen? geschwind!

Sekretär. Befriedigen Sie mich ganz — so verspreche ich Ihnen — Sie sollen zu Ihrem Mann.

Mad. Drave. Fragen Sie.

Sekretär. Sie sollen sogar bei ihm bleiben können —

Mad. Drave. Bei ihm bleiben? — Fragen Sie!

Sekretär. Wenn Sie wollen.

Mad. Drave. Wenn ich will? Wäre er im Grabe — ich wollte.

Sekretär. Nun denn — wer ist bei Ihnen im Hause?

Mad. Drave. Im Hause? —

Sekretär. Es ist ein Fremder bei Ihnen.

Mad. Drave. Ein Fremder?

Sekretär. Oder Bekannter — wie Sie wollen.

Mad. Drave. (verlegen.) Daß ich nicht wüßte —

Sekretär. (strenge.) Keine Unwahrheit! Daß er im Hause ist, weiß ich gewiß! Man hat ihn hereingehen sehen. Ich weiß es gewiß!

Mad. Drave. (halb vor sich.) Ach Gott! —

Sekretär. Wo ist er?

Mad. Drave. Mein Herr —

Sekretär. Schnell — bestimmt, wo? Meine Begleitung weiß Thüren zu öffnen. — (dringend.) Läugnen vollendet Ihr Unglück. Wo ist er?

Mad. Drave. (sezt sich entkräftet.) Oben —

Sekretär. (will gehen.) Allein? — oder —

Mad. Drave. Herr Brook und sein Sohn sind bei ihm.

Sekretär. Sein Sohn? — wer ist das?

Mad. Drave. Der Hofrath —

Sekretär. Hofrath? — was für ein Hofrath?

Mad. Drave. Quälen Sie mich nicht — der Hofrath Flessel.

Sekretär. Der Herr Kanzler sind oben? — Haben also vielleicht schon selbst nähere Erkundigung eingezogen? war er bei Ihnen?

Mad. Drave. Nein.

Sekretär. Hat er nach nichts gefragt?

Mad. Drave. Nein — nein. —

Sekretär. Ist kein Vierter oben bei ihm? Ein alter Mann etwa?

Mad. Drave. Nein — ja — Gott, martern Sie mich nicht länger.

Sekretär. Ich werde mich erkundigen. Sie, Madam, gehen indeß nicht von hier. Doch, das wird sich wol von selbst verbieten! (ab.)

Mad. Drave. Auguste! — Friedrich! — Gott, was hab ich gemacht! (sie geht wieder an das Kabinet.) Auguste!

Zehnter Auftritt.

Mad. Drave. Auguste. Friedrich. Hernach der Alte. Der Sekretär. Kanzler. Ludw. Brook von aussen.

Auguste. Was ist Ihnen?

Mad. Drave. Der Sekretär — er sucht den Alten — Ich verstand ihn falsch — er erfuhr dadurch, daß der Kanzler hier ist. Er ist hinauf. Friedrich, seht nach, ob das Haus frei ist, wir müssen den Alten retten.

(Friedrich ab.)

Auguste. Hörten Sie nichts von meinem Vater?

Mad. Drave. O Gott — kein Wort — nicht eine Silbe? — Ruht der alte Mann?

Auguste. So sanft — so frei — Ach, es mag ihm lange nicht so wohl geworden seyn!

Mad. Drave. Weck ihn auf; er muß fort.

Auguste. (geht ab.)

Mad. Drave. (ihr nachrufend.) Geschwind!

Friedrich. (kommt zurück.) Unten im Hause sind Gerichtsdiener; aber ich will ihn die kleine Treppe über den Boden, aus dem Hinterhause bringen.

(leises Gemurmel von aussen.)

Mad. Drave. Ehe der Sekretär zurückkömmt! — Geschwind bringt ihn fort!

Friedrich. (geht; am Kabinet begegnet ihm Auguste mit dem Alten.)

Der Alte. Ihr reißt mich vom Bette weg - was soll ich -

von aussen.
Sekretär. Wo? Stimme? noch einmal —
Kanzler. Hülfe! — hier!

Mad. Drave. Allmächtiger! Sie sind entdeckt. — Fort mit dem Alten! — wir sind nicht sicher.

Der Alte. Gott erbarme Du Dich! (sie gehen mit ihm.)

von aussen.
Kanzler. (ruft.) Stoßt die Thür ein!
Ludwig. Halt! oder ich schieße — halt!

(Man hört eine Thüre sprengen.)

Mad. Drave. Was ist das?

Kanzler.

(der Lärm kömmt näher. Man hört einzeln von aussen:)

Kanzler. Es ist die höchste Zeit!
Sekretär. Gott sei Dank!

Mad. Drave. Um Gottes willen! sie kommen!

(der Alte wird von Friedrich abgeführt.)

Eilfter Auftritt.

Mad. Drave. Auguste. Sekretär. Dann der Kanzler.

Sekretär. (tritt wütend herein. Die linke Hand ist mit einem Schnupftuch umwickelt. Unter der Thür:) Geschwind, einen Chirurgus! (im Hereinkommen.) Ihr Diebsgesindel!

Kanzler. (noch draussen.) Wol Acht gegeben! — (reißt die Thür auf, und umarmt den Sekretär.) Durch Sie hat mich Gott gerettet!

Sekretär. Es kostet meine Hand. Sie ist zerschmettert.

Kanzler. Ich wills vergelten — Ha, da seid ihr ja! — Freund, daß man Brooken festhält! — meine Kutsche bestellt! — die Entlassungsbefele widerrufen — Brok und Drave wohl verwart — Ihro Exzellenz dem Geheimenrath Stralheim von allem Nachricht ertheilt — (will gehen.) Daß ich meine Satisfaktion als ein alter getreuer Knecht Sr. Durchlaucht überlasse, das besorgt mein Sohn. Sie bleiben hier im Hause.

Sekretär. (ab.)

Kanzler. Nun Ihr —

Mad. Drave. Haben Sie Mitleid mit uns!

Kanzler. Seid Ihr Bürger? Seid Ihr Menschen? Seid Ihr Kristen? Vergreift Euch an Gottes und des gnädigsten Herrn verordneter Obrigkeit! zwingt mir Befele ab! das ist in hundert und hundert Jahren, das ist bei Menschen Gedenken nicht erhört worden.

Auguste. Vergeben Sie ihm als Vater; ach er ist ja nun Ihr Sohn!

Kanzler. Sohn? — Vater? in den Karren geschmiedet den Sohn! Mit mir altem Greis so zu freveln! (geht heftig umher, trocknet sich die Augen und sagt weinerlich:) Die Tränen, die ich hier vergieße, werden Euch schwer drücken.

Sekretär. (kömmt zurück.) Da sind Eure saubern Proiekte! ihr komplotirendes Gesindel. (zerreißt Papiere und wirft sie ihnen vor die Füße.) — (leise zum Kanzler:) Glücklich, daß ich die erwischt habe!

Kanzler. Dem Herrn von Stralheim wird doch angezeigt — —?

Sekretär. Alles besorgt. Wo ist der alte Onkel? Heraus mit der Sprache!

Mad. Drave. O Gott!

Auguste. O mein Herr! ich —

Sekretär. Heraus mit ihm, oder —

Mad. Drave. (entschlossen.) Ja — er ist da. Er ist hier. Sie sollen ihn sehen — S e h e n, und wenn S i e gerührt werden k ö n n e n, so waffnen Sie Sich, daß nicht die Menschlichkeit der Politik einen Streich spielt. (ab ins Kabinet.)

Kanzler. (verlegen zum Sekretär.) Sie treiben mit dem alten Mann ihr Gaukelspiel vor dem Volk, um blinde Eiferer an sich zu locken.

Sekretär. Jungfer, Sie werden wol daran thun, sich wegzubegeben.

Auguste. Recht gern, wenn nur —

Mad. Drave. (zurückkommend.) Gehn Sie — sehen Sie ihn selbst. Er kann nicht kommen. Sie mögten ihn, sagt er, wegschleppen — hinrichten — nur nicht vor sich kommen lassen.

Sekretär. Possen! (ab ins Kabinet.)

Zwölfter Auftritt.

Vorige ohne den Sekretär. Drave. Hernach der Sekretär und Friedrich mit dem Alten.

Drave. Erlöst! — Weib! Auguste!

Mad. Drave. (sich von ihm wendend.) Geh fort, Unglücklicher! Geh!

Auguste. O mein Vater!

Drave. Ha! der hier?

Kanzler. Zum guten Glück — o ia!

Mad. Drave. Nur eine Umarmung — (zum Kanzler.) Nun lassen Sie uns umbringen — trennen könneu Sie uns nicht mehr.

Drave. Wer? wer wird das?

Kanzler. Das Zuchthaus.

Drave. Herr, was soll das? Ich bin befreit. — Auf Ihren Befel befreit! Oder — ?

Kanzler. Auf erpreßten Befel — zu Schande und Spott sollt ich werden! Aber Ihr sollt es büßen! Bei Wasser und Brod sollt Ihr Wolle krazzen tagelang! und wenn Ihr Euch Nachts auf Eurem Stroh windet, dann schmiedet Staatsplane, Ihr Pasquillanten, Ihr Land- und Leutverderber!

Friedrich. (bemüht sich, den Alten an einem Arm zu halten, der Sekretär faßt ihn bei dem andern.) Bedenken Sie — 70 Jahre!

Sekretär. So viel Prügel für Euch, wenn Ihr nicht —

Drave. Um Gottes willen, der alte Gronau!

Der Alte. Drave, das ist Ihre Stimme! — Retten Sie mich!

Kanzler. Fort mit dem alten Manne!

Drave. Seht — seht ihn an! Er ist halb todt. Stehlt sein Geld, laßt seiner Seele Ruhe!

Sekretär. Schweigt!

Drave. Du marterst einen Leichnam. In einer Stunde vielleicht ist seine Seele vor Gott, und klagt Dich an. Laß ihn —

Mad. Drave. Um Gottes willen!

Auguste. Barmherzigkeit!

Kanzler. Gerichtsdiener!

Drave. Meine lezten Kräfte für sein graues Alter! Gott steht mir bei; Deine Teufel sind ohnmächtig!

Sekretär. Holla, Gerichtsdiener! herauf! herauf!

Der Alte. Ich sterbe! ich sterbe!

Dreizehnter Auftritt.

Vorige. Philipp Brook. Rose.

Philipp. (außer Athem, mit allen Kennzeichen der feurigsten Eile.) Wir sind gerettet!

Mad. Drave. Gott!
Drave. Ist es wahr?
Auguste. Sie sind unser Engel!

Kanzler. Wie versteht man das?

Philipp. Mein Onkel! O Gott, mein Onkel

Der Alte. Wer ist das?

Drave. Philipp! — Ihr Vetter Philipp!

Philipp. Diese Gestalt — dies Gesicht — diese grauen Haare — dies — O Gott! diese Hände haben Ketten getragen! Funfzehn Jahre hast Du ihm am Leben gestolen — funfzehn Jahre lang hast Du ihm Luft, Freiheit und Leben gestolen —

Kanzler. Wenn mein Gewissen mir —

Philipp. Nein, diesen Anblick erträgst Du nicht — Läugne und heuchle Tränen — hülle Deine Gräuel in Religion — diesen Anblick kannst Du nicht ertragen. Sieh — hier — sieh her! — diese Hände haben Male von Ketten! — Hier stelle ich ihn vor Dir hin — so wird er einst verklärt vor Dir stehen — er und Wittwen und Waisen, Gequälte und Gemordete. Vor Gott werden sie Dir sagen: Du hast um gestolnes Geld Deine Seele verwuchert.

Kanzler. (wütend zum Sekretär.) Schaffen Sie den Menschen fort!

Sekretär. (macht eine Bewegung zum Gehen.)

Philipp. Halt! Lese Er das. (wirft dem Sekretär ein Papier in die Hände.) Euer Reich ist aus. Wir sind ganz gerettet.

Sekretär. (läuft es mit merklichem Schreck schnell durch und giebt es dann dem Kanzler.)

Philipp. (fährt unterdessen fort.) Aus meiner Verwahrung hab ich dem Geheimenrath Stralheim geschrieben. Als ich entlassen ward, kam Rose; ich hörte, was hier vorginge. Ich flog hin und umfaßte die Füße dieses würdigen, edlen Ministers, und erhielt von ihm diese schriftliche Ordre, durch welche Ihm angedeutet wird, sich bis zur fernern Untersuchung aller Geschäfte zu begeben, und sogleich dies Haus zu verlassen. Mein Onkel! — Sie lieber Drave! werden wieder in Ihre Rechte gesezt.

(der Sekretär hat sich nach und nach an die Thüre gezogen, und geht iezt unbemerkt fort.)

(der Kanzler, ausser aller Fassung — als nähme die Schrift kein Ende — liest.)

Philipp. Du kennst die Hand —

Kanzler. (legt den Brief zusammen, zittert vor Wuth.) Hahaha!

Phil. Lache Konvulsionen weg, wenn Du es vermagst —

Kanzler. Nehmt Euch in Acht! (geht.)

Philipp. (hält ihn auf.) Bleib! darauf muß ich Dir noch einmal ins Angesicht sehen. Du bist ein merkwürdiger Bösewicht! — Vom Staube schwangst Du Dich zum Günstling — Deine Seele war der Preis. Selbst die Religion hast Du gemißbraucht, Verdienst und Redlichkeit zu drücken; Wittwen und Waisen beraubt, Patrioten erwürgt — Du hast es gethan, und — sieh mir ins Auge! und ohne Komplot — ohne Blut — mit Muth und Freiheitssinn — hat Dich ein Bürger gestürzt. Geh!

und wenn Du an Gott und Gottes Gericht glaubst, so büße, was Du noch büßen kannst, ehe Deine Seele aus Dir fährt.

(diese lezten Worte sagt er dem Kanzler im Gehen nach.)

Kanzler. (an der Thür.) Ich stehe in Gottes Hand.

Rose. Wenn er nur nicht —

Philipp. Die Beweise schreien gegen ihn — sein Fall ist von dem würdigen Minister beschlossen.

Vierzehnter Auftritt.

Vorige. Ludwig Brook.

Ludwig. O mein Bruder! mein Bruder!
Phil. Ludwig! (Beide bleiben in der Umarmung stehen.)

Rose. (mit Innigkeit.) Nun Drave — so wollten Sie es ja?

Drave. Weib! — Auguste! — Freunde!

Ludwig. (weinend.) Ich wollte wieder gut machen, ich wollte — aber nein, das sollte Dir bleiben. — O, ich will recht gut werden. (mit Schmerz und Ehrfurcht, doch ohne den Affekt zu ändern.) Vater! — gekränkter, gemißhandelter Vater — Mutter! Auguste — meine Auguste! Können Sie jezt noch meine Reue annehmen?

Drave. Ich habe gelitten! wissen Sie das?

Ludwig. (wendet sich ab.) O Gott!

Mad. Drave. Lieber Mann!
Philipp. Ich bürge für Ludwig.

Ludwig. Der Blick — der — O Sie vergeben! — Dank, Dank, tausend Dank! werden Sie dem Reuigen seinen Schuzengel weigern?

Drave. Prüfung mag bewären.

Ludwig. Die härteste!

Drave. Bevor aber — keine Heirat!

Ludwig. Aber —

Drave. (fest.) Bevor keine Heirat! — Ehrwürdiger Greis! Ich gebe Dir Kinder, die Dein Alter pflegen sollen. — Rose, — hier ist Deine Tochter. Bei ihr wirst Du leben und sterben.

Der Alte. (den seine Neffen umarmt haben.) Gott segne die Kinder meiner Schwester Marie! — O zieht Eure Arme noch nicht unter mir weg! Diese Arme brachen meine Ketten! — in diesen Armen will ich sterben. Gott — es schmachten noch viel Unglückliche im Finstern — sende ihnen ihre Retter, daß sie in Frieden sterben!

Drave. (wie halb vor sich.) Guter Philipp, wir gewinnen Alle; was gewinnst Du?

Philipp. Meinen Bruder, und neuen Muth für das Gute!

(Philipp und Ludwig umarmen sich.)

Drave. Seid einig! war der Segen Eurer Eltern. Gott sei Dank, er ist erfüllt. Und nun heiter, gutes Weib! Sieh, wir sind am Abend unsers Lebens, wir werden unsre Rechenschaft dort oben bald ablegen. Sei's immer, daß wir litten! Für Pflicht und Tugend dulden — das macht die lezte Stunde sanft!

Seite 67 ist statt Aufzug, Auftritt zu lesen.
" 132 ganz unten, statt Gallerei, Gallerie.

www.ingramcontent.com/pod-product-compliance
Lightning Source LLC
Chambersburg PA
CBHW030541040726
47497CB00008B/2536